君も知らない邪恋の果てに

鈴木あみ

白泉社花丸文庫

君も知らない邪恋の果てに　もくじ

イラスト／樹《いつき》要《かなめ》

今から十数年前、売春防止法が廃止され、一等赤線地区が復活した。昔ながらの遊廓《ゆうかく》や高級娼館等が再建され、吉原はかつての遊里としての姿を取り戻している。

もう逃げないと誓ったのに、蕗苳《ふき》は後ろ手に縛られていた。

蕗苳を連れてきた女衒《ぜげん》が襖《ふすま》を開けると、その向こうは紅殻《べにがら》で壁を紅く塗られた部屋だった。

大門をくぐって以来ずっと続く、明治かそのあたりまで時代が逆行したかのような別世界に、蕗苳はひどく戸惑っていた。つい先月まで普通に学校に通って平凡に暮らしていた自分が、信じられなくなりそうだった。

純和風というよりは、少し中華趣味がまじっているようにも思える。床は板張りに絨《じゅう》毯《たん》、正面奥には絹に金糸の刺繍の入った椅子《いす》だけが置かれ、まるでどこかの城の謁見《えっけん》の間のようだった。

その椅子には、蕗苳を買った妓楼《ぎろう》の主人が座っていた。

英国風のクラシカルなスーツを着たその男は、三十代半ばというあたりだろうか。どことなく気品を漂わせ、とても廓《くるわ》などを経営するような男には見えない。

彼は長い足を組み、肘かけに頬杖をついたままで、蕗苳をゆっくりと眺めた。

「なるほど……これは上玉ですね」

「そうでしょう。この子は見た目だけじゃなくて、なかなか育ちもよろしいんですよ。何しろ由緒ある古い旅館の生まれで……」

蕗苳の前身になど興味がないのか、既に聞いてあるのか、おそらく後者であろう。楼主は蕗苳を売り込む女衒の言葉を遮った。

「もっと傍へ寄りなさい」

命じられても緊張から固まったままの蕗苳の背中を、女衒が押した。

「……っ」

バランスを崩し、縛られた手を床へ突くこともできずに、蕗苳は転がった。すぐに起きあがろうとし、顔を上げる。

その顎を、楼主が捉えた。

くい、と仰向かせ、覗き込んでくる。正面から、横を向かせて頬から、そして舐め上げるように首筋から。

「綺麗な肌をしているね」

「……」

「これならからだも期待出来そうだ」

楼主の手が、蕗苳から離れる。

けれどほっとする間もあたえられなかった。

「見せてもらおうか」

え、と蕗苳は一度伏せた顔を上げる。ここで脱ぐのか。意味の取り違えではないのかと思う。けれど楼主の冷たく促す視線が、決して間違いではないのだと告げている。

「着ているものを脱ぎ、足を開いて、自分で尻を広げて見せなさい」

「……っ」

とても信じられないような科白《せりふ》だった。けれどその言葉に、これから、ここでどんな商売をしなければならないのかをあらためて思い知る。ついこのあいだまでは、赤線が復活したと聞いてはいても、自分には関係ないことだと思っていたのに。

息を飲む蕗苳に、楼主は薄く笑った。

「……怖いのですか?」

「……」

「そうでしょうね。売春防止法が廃止され、吉原が赤線として復活して十数年……ここは男の奈落、花降楼《はなふりろう》なのですから」

蕗苳はこの見世《みせ》に売られてきたのだ。どんなに嫌で、恐ろしくても、もう逃げることはできない。

「おまえの名前は？」

「……長妻《ながつま》、蕗苳」

覚悟は決めているはずでも、声が震えた。

「その名前は今日を限りに捨ててもらいましょう。新しい名前は……そう、蛍《ほたる》、としましょうか。鳴かぬ蛍が身を焦《こ》がす……可愛らしくて、おまえによく似合う」

ほたる……と蕗苳は口の中で呟《つぶや》く。

花降楼での、蛍としての蕗苳の暮らしは、この日からはじまった。

【1】

蕗苳《ふき》が兄の部屋に呼ばれ、吉原へ行けと命じられたのは、中学校の卒業式が終わったすぐあとのことだった。

兄の浩継《ひろつぐ》は相変わらず、だらしない着方で着物を着流していた。

旅館を継いでからずっと彼は着物姿を通してはいるが、これでは主人らしい姿とはとてもいえなかった。そればかりか、日本酒を脇に置いて手酌《てじゃく》で飲んでいた。銚子が何本も転がっている。今日はいったいどれだけ飲んだのだろうと蕗苳は思った。

「吉原……って」

少し前まではソープ街だったところだ。

けれども売春防止法が廃止された今は、一等赤線地区として、昔ながらの遊廓《ゆうかく》や娼館が復活していると聞いたことがあった。

そこへ行けという意味が、蕗苳にはわからなかった。

「花降楼《はなふりろう》って知ってるか」

「花降楼……？」

「お子様だからしょーがねーか」

首を傾げる蕗苳に、浩継は軽く肩を竦《すく》めた。

「花降楼はな、知る人ぞ知る吉原の、男専門の廓《くるわ》だよ」

蕗苳は絶句した。ゲイバーなどの存在は知っていても、そんな遊廓まであるなんて、今まで考えたこともなかったのだ。

「……そこへ……行けって……」

その言葉が何をさしているのか、ようやく蕗苳にもわかりかけてきた。けれど、まさかと思わずにはいられなかった。

兄は、蕗苳のからだを、遊廓に売ろうとしているのだろうか？

「親切にも紹介してくれる人がいたんだよ。まあ女衒《ぜげん》って奴だな」

そう言いながら、兄は笑みを含んだ意地悪な目で、舐めるように蕗苳を見た。

その途端、蕗苳の頭に蘇ってきた光景があった。

数日前、離れで病臥《びょうが》している父をいつものように見舞おうとしたときのことだ。

——あるだけ全部出せって言ってるんだよ!!

障子の中から借金取りの罵声《ばせい》が聞こえ、蕗苳は慌てて飛び込んだ。

——お父さん!!

部屋には父親と、もう一人、派手なスーツの見るからに堅気でない男がいた。父はその男に脅され、なけなしの箪笥《たんす》預金を渡してしまうところだった。

男はそれを受け取ったが、枚数を数えて、その少なさに舌打ちする。

病床の父から兄に代替わりし、旅館の経営が傾いてから久しい。もう既に父の手許にも、纏《まと》まった金などあるわけがなかったのだ。

——たったこれだけかよ。いい加減何とかしねーと、あんたの生命保険で支払ってもらうことになるぜ？

男は凄みを効かせると、ようやく腰を上げた。

障子の傍に立ち尽くす蕗苳の横を通り抜けようとし、ふと足を止める。そして男は蕗苳の顔を見下ろし、まるで観察するように眺め回した。

不快感に、蕗苳が顔を背けると、逆に顎を持ち上げられた。

——へえ……こりゃ上玉だな。おい、命拾いしたじゃねーか、親父

最後のひと言は蕗苳の父親に言うと、男は笑いながら離れを出て行った。

紹介した人というのは、間違いなくあの男だろう。

そして兄の目は、あのときの男の目と同じ色を帯びているように感じられ、蕗苳はぞっとした。

「おまえ、相当な上玉だってさ」

と、浩継は言った。

「これならあの花降楼でも、ゆくゆくはお職を張るようになるだろうって言ってたぜ。凄いじゃねーの」

くっくっと彼は笑う。

自分の放漫経営が引き起こした事態であるのに、まるで悩んでさえいないような態度に、蕗苳はひどく腹が立った。

父親が病を得て四年半、あとを継いだ十五歳上の兄、浩継は学校の勉強はできたが、旅館を切りまわすだけの力はなかった。……というよりむしろ、切りまわす気がなかったのかもしれない。

無理矢理継がされた長妻《ながつま》を、兄は憎んでいたのだろうか？

威張るだけ威張り、古くからいる者たちが諫言《かんげん》すれば首にして、放蕩《ほうとう》の限りをつくした。

結果、旅館の経営が傾くのはあっというまだった。

資金繰りのために手を出した株や先物で傷を広げ、銀行がどこも融資をしてくれなくなると、兄はついに悪い筋の金に手をつけるようになった。

近ごろでは貸金規制法が緩くなっているうえに、暴力団と警察との癒着《ゆちゃく》も酷《ひど》くなっている。勢い、借金の取り立ても暴力的で激しいものになっていた。

見るからに堅気でない男たちが旅館に踏み込み、兄を怒鳴《どな》りつけたり、寝ついている父を脅してなけなしの金を持っていったり、電話で罵声を浴びせるなどということは、今では日常茶飯事だった。

何かとてもまずいことになっているのは、蕗苳にもわかっていた。

けれど子供の身で実際の経営に携わっているわけでもなく、旅館もなんとか営業を続けられているため、どこか事態を甘く見ている部分もあったのだ。

まさか男の自分が、借金の形に身売りしなければならないようなところまで来ているとは、思ってもいなかった。

「それにしても……」

呆然と立ち尽くす蕗苳に、浩継は言った。

「そんなに上玉かね？　男に興味はねーけど、そう言われるとちょっと試してみたくなるね」

「――!!」

あまりの言葉に、蕗苳の中に怒りが吹き上がった。そんなことを言っている場合なのか。この期に及んでもまるで深刻さを感じさせない兄に、無意識に両手の拳を握り締める。

「じょ、冗談だよ」

蕗苳のようすに気づいたのか、彼は言ったけれども、すぐにニヤリと笑い、

「手なんか出さねーよ。値打ちが下がるもんな。処女じゃなきゃ」

「兄さん、俺は身売りなんて……っ」

身売りさせられるなんて、それこそ冗談ではなかった。旅館長妻の経営不振は蕗苳のせいではないのだ。そんなに金が必要なら、兄が自分の身を売ればいい。三十になった男の身がどれほどの値段になるにせよだ。

「身売りったって、別になんにも心配することはねーんだぜ？　ほんのしばらくの辛抱さ。二、三回もやらねーうちに、すぐに旅館を建て直して迎えに行ってやるよ」

浩継のそんな科白《せりふ》は、まるであてにできなかった。

この兄に、そんなに早く旅館を建て直すなどということが、できるとは思えない。それどころか何年かけたって不可能なのではないのか。

「それに、何も安女郎屋に売ろうってんじゃやねえ。花降楼といえば吉原でも指折りの高級娼館だ。客筋はいいし、気持ちいいことして金が稼げるんだぜ。悪くねー話だと思うがな。俺がもう十歳若けりゃ代わってやってもいいぐらいだね」

売り飛ばす先を高級店にしてやったことを、感謝しろとさえ聞こえるほどの口ぶりだった。

今、すぐに身請けしてやると言った口で、気持ちいいことをして金が稼げるという。矛盾も嘘も散りばめて、まるで頓着《とんちゃく》しないのがこの兄だった。

「でも……っ」

蕗苳は必死で反駁《はんばく》しようとする。そこへ浩継はたたみかけるように続けた。

「ああ、おまえもしかして、親父《おやじ》のことが心配なんだろ？　おまえがいなくなったら誰が看病するのかって」

「そ――それもあるけど」

専属の看護師を雇う余裕もなくなってからは、蕗苳と旅館の従業員たちが交代で父の世話をしていた。給料遅配などで次々と人が辞めていく中、自分までが父の傍を離れるのは、かなり心配なことではあった。でも。

「何も心配することはねーよ」

と、口許に暗い笑みを浮かべ、兄は繰り返した。

「親父のことは俺がちゃんと看病してやるから。――生命保険に手をつけるようなことには、なんねーようにな」

「――……！」

その科白を聞いた瞬間、蕗苳は息を飲んだ。

兄は自分を脅しているのか？

おとなしく吉原へ行かなければ、父親の生命保険で――すなわち父の命で借金を返すと言っているのだろうか。

恐らく、本気で言っているわけではないのだろう。いくら浩継でも、実の親を殺すことまで考えるはずがない。――でも、本当に？

この兄のことが、蕗苳は信じられなかった。実際彼は今まさに、血を分けた実の弟を売り飛ばそうとしているではないか。

――いい加減何とかしねーと、あんたの生命保険で支払ってもらうことになるぜ？

そう言った借金取りの言葉も耳に蘇る。

「おまえだってもうすぐ十六なんだ。立派に家のために役に立てる歳だよな」

それは、そっくりそのまま兄に返したいセリフだった。蕗苳の倍もの歳でありながら、自分のやっていることはなんなのかと。

けれど蕗苳には言えなかった。

父親を人質に取られたも同然だったからだ。たとえ兄が手を下さなくても、あのやくざ者たちがやれば、同じことになるのだ。

そして蕗苳自身がどれだけ嫌がったとしても、おそらく強制的に吉原へ引きずっていかれることになるだろう。逃げ出せたとしても行くあてもなく、それはつまり父を見捨てることを意味する。

結局、蕗苳には他の選択肢を選ぶことなどできなかったのだ。

蕗芩が吉原に身売りさせられることが決まると、使用人や取引先の業者など、よると触るとその話が囁《ささや》かれることになった。誰も言いふらしたわけでなくても、こういうことはどこからか洩《も》れてしまうもののようだった。

ひそひそと噂し、蕗芩が通りかかろうものならぴたりと止まる。

兄は評判のよい経営者ではなかったから、皆はその尻拭いのために売られる蕗芩におおむね同情的だとはいうものの、中には蔑《さげす》んだり、セクハラまがいのセリフを口にする者さえいた。

「まさか実の弟を身売りさせるとは思わなかったけどねえ。でもまあ、蕗芩さんならなんかわかる気もするね」

「亡くなった女将《おかみ》さんに似て、女の子顔負けの綺麗な顔立ちしてるしね」

「そうそう。肌とか白くて、ちょっとつついてみたい感じがするよ。店に出るようになったら、俺たちでも金さえ払えば買えるんだよな」

「馬鹿、何言ってんだよ。仮にもこの旅館のお坊ちゃんだぜ」

「冗談に決まってんだろ。いくら可愛くても男じゃんかよ」

「でもちょっと興味あるよな」

わっと座が沸《わ》く。

食堂から自室へ戻る通りすがりにそんな話が聞こえてしまい、蕗苳は縁側の障子の陰で小さくため息をついた。

気づかれないうちに立ち去ろうとする。

そのときちょうど、蕗苳がいるのと逆の廊下側の襖《ふすま》が、ぴしゃりと開けられる音がした。騒がしかった部屋が一瞬で静まる。

誰が入ってきたのだろう。

蕗苳は障子の隙間からそっと覗いてみた。

そして襖の向こうに立っていた男の姿を見とめて、思わず息を詰めた。

（旺一郎《おういちろう》……！）

入室しただけで、ひと言も発さなくてもその場にいる皆を威圧する。そういうことができるのは、長妻では確かに旺一郎だけだった。

遠目に見かけることはあっても、彼の姿を近くで見るのは、ずいぶんひさしぶりのことだった。

伊神《いかみ》旺一郎は、蕗苳から見れば、長妻の従業員の息子ということになる。

子供の頃は、蕗苳の子守も同然だった男だった。けれど旺一郎が高校に上がり、学校や家計を助けるためにはじめたアルバイトで忙しくなってからは、ほとんど一緒にすごすことはなくなっていた。

否、あまり会わなくなったのは、本当は忙しさのせいなどではなかったのだと思う。

（……俺、旺一郎には嫌われてるから）

そのことを思うと心臓が締めつけられるように痛んだ。

蕗苳は無意識にシャツの胸をぎゅっと握り締めながら、障子の影に身を隠し、見つからないようにそっと中を窺《うかが》う。

旺一郎は氷のように冷たい顔でその場にいた数人を見下ろしていた。

「――仕事中じゃないんですか」

あからさまな侮蔑《ぶべつ》を孕《はら》んだ低い声と視線に、全員が旺一郎から目を逸《そ》らす。従業員たちにも、最初から後ろめたさはあったのかもしれない。口の中でもごもごと言い訳をしながら、言い返すこともなく彼らはぞろぞろと部屋を出て行く。

一人残された旺一郎はため息をついた。

そしてふと、蕗苳のいる縁側へ視線を向けた。

障子の隙間を訝《いぶか》しく思ったのか、彼は近づいてきた。蕗苳は反射的に頭を引っ込め、身を縮めた。

売られる前に、もう一度だけでも旺一郎と言葉を交わしたいと思ってはいた。こんな機会がなければ、今夜自分から訪ねようとさえ思いつめていた。

けれどあんなふうにいやらしく噂されるのを聞かれたあとで、しかもその本人がここにいたなど知られるのは、酷くばつが悪く辛かった。

けれど次の瞬間には、障子は大きく開けられてしまう。

そろそろと顔を上げれば、すぐ傍に旺一郎が立っていた。

彼もまた、人の気配を感じてはいたものの、そこにいるのが噂されていた当人だとは、思ってもいなかったのだろう。蕗苳を見下ろしたまま、きつい切れ長の目をわずかに見開く。

(旺一郎……)

視線が合う。旺一郎とこんなに傍に接するのは、本当にひさしぶりだった。今年は年始の挨拶《あいさつ》にも来なかったから、一年以上にもなるかもしれなかった。

蕗苳はつい、端正なその顔に見惚《みと》れた。

(……少し、大人びた)

子供らしいやわらかさのあった頬が、精悍《せいかん》に引き締まって。でも、きつい瞳の光は変わっていない。

蕗苳は、何か言わなければと思った。言葉を探した。話しかけなかったら、旺一郎はきっとすぐに立ち去ってしまうだろうと思った。

こちらから話しかけさえすれば、旺一郎は嫌々でも無視はしない。昔からそうだった。

それは好意からくるものではなく、主人の子と従業員の子という関係からくる義務意識のようなものなのだと思う。わかってはいるけれど、それでもどうしても引き止めたかった。

蕗苳が旺一郎と初めて出会ったのは、九歳のときだった。母親が亡くなった頃のことだ。旺一郎は十二歳。

旺一郎の父親が、運転手として旅館長妻に勤めることになったのだ。住み込みの父親とともに、旺一郎もまた、蕗苳の家の片隅で一緒に暮らしはじめた。彼の母親もまたここへ来る前に亡くなっていて、父一人子一人の二人暮らしだった。

もともと長妻には、従業員もその家族も一緒くたに使用人とみなすような風潮があったのだが、これほど近くに住んでいれば公私混同はなおさらだった。

子供心にも、旺一郎が自分に逆えないことを、蕗苳はどこかで知っていたのだと思う。後で聞いたのだが、旺一郎の父親は元暴力団組員だったのだという。背中に刺青《いれずみ》があり、いつも手袋をはめている手には小指が欠けていた。

どういう事情で彼が組を辞め、更正したのか、どういう理由で蕗苳の父が彼を雇う気になったのかは知らない。けれど彼が父に恩義を感じているらしいこと、気軽に長妻を辞めるわけにはいかないこと、馘首《くび》にでもなれば再就職はかなり難しいだろうことが、蕗苳にもわかっていた。

——年が近いのだから、いい遊び相手になるだろう父がそう言ったのをいいことに、子供の頃の蕗苳は、旺一郎を自分のものにしていた。いつでも傍にいさせ、どうでもいい用を言いつけたり、身の回りの世話をさせたりした。遊び相手もさせたし、ちゃんと勉強する気もないのに家庭教師もさせた。

呆れながらも、旺一郎は何でも言うことを聞いてくれた。

蕗苳は旺一郎といるのが一番楽しかった。だけど旺一郎は、三つも年下の主人の子供と一緒にいても、おそらく少しも面白くはなかったことだろう。それでも蕗苳は、彼が学校から帰ったあとも、休みの日も、縛りつけて離さなかった。他の友達と遊ぶ暇をあたえなかった。

旺一郎の自分を見る目が冷たくなっていくのに、蕗苳は気づいていた。それがとても悲しかった。

けれど我儘《わがまま》をいう以外、どうしたら彼の関心を惹《ひ》きつけられるかなんて、そのころにはもうわからなくなっていたのだ。

あの頃の旺一郎に対する態度を、蕗苳は今では酷く後悔していた。

なんであんな態度をとってしまったのかと思う。仲良くしたかっただけだったと思うのに、他にどうすることもできなかった。今なら――いや、今でも、同じことしかできないだろうか？

やがて旺一郎親子が住み込みをやめて近くにアパートを借り、旺一郎は高校入学を機にアルバイトをはじめた。そして彼は、それを口実に遅くまで家に帰らなくなり、長妻にも寄りつかなくなった。

もう、蕗芩が何を言っても無駄だった。

――俺がバイトしないと学費が払えないんだから、仕方がないでしょう
冷ややかにそう言われると、返す言葉がなかった。そのころにはもう父親は病に伏せって兄に旅館を譲っていたし、経営も傾きはじめていた。昇給どころかボーナスさえ出ないような状況になっていたのだ。

女と会っているのを見たこともある。けれどそれを咎《とが》めても、

――それが気に入らない？　どうして？

意地悪にそう言われて終わりだった。

それから三年――。

気まずい鉢合わせに、旺一郎がわずかに目を見開いて蕗芩を見下ろしていた。

「……ひさしぶりだな」

蕗芩が言えたのは、結局そんなどうでもいいような、ありきたりな科白だった。

最後に旺一郎に会えたら話したかったことがいくつもあったと思うのに、いざ本人を前にすると何も出てこなかった。頭が真っ白になったようだった。

「……。ええ」

仕方なさそうに、それでも旺一郎は口を開いてくれた。

蕗苳は、思わずほっと息をついていた。いくら顔を合わせるのがひさしぶりだといっても、ちょっと話すだけで何をこんなに緊張しているのかと思う。

けれど無視されていたとしても不思議《ふしぎ》はなかったのだ。長妻が傾き、蕗苳が売られていくことになった今、旺一郎が蕗苳に気をつかう必要はもう何もなくなっているのだから。

「めずらしいな、おまえが来てるなんて。旅館の仕事でも頼まれた？」

「……ええ。まあ」

「そっか……」

短い答えに、とりつく島もない感じだった。

蕗苳は小さくため息をつく。蕗苳が売られていくことは知っているだろうに、最後くらい少しは愛想良くしてくれる気はないんだろうか。そう思い、ないんだろうな、と自分で突っ込む。

「あ……そういえばさ、大学決まったんだって？　医学部」

「ええ」

「おめでと。凄いじゃん」

そう口にしながら、お祝いを言っておけてよかった、と蕗苳は思った。大学のことを聞いてから、ずっと言いたかった言葉だった。

旺一郎の母親は若くして病死している。そのことが、医学部志望に繋がっていることも、蕗苳は知っていた。受かって、本当によかったと思う。

「おまえ昔から頭よかったもんなぁ……。俺なんかいくら教えてもらっても全然だったけど」

「まともに聞いてなかったからでしょう」

「そうでもなかったと思うけど……」

本当は旺一郎の言うとおり、話している内容などあまり聞いてはいなかった。ただ声を聞き、横顔を見ているのが好きだった。

旺一郎はちらりと呆れたような視線を向けただけで、言葉を返してはこない。

「あの……いつ発《た》つんだ？　東京にアパート借りるんだろ」

「明後日には」

「そっか……だったら俺のほうが早いな」

明日にはもう、行かなければならないから。

「……もう、会えないな」

一瞬、旺一郎が何か言おうとしたように見えた。蕗苳はそれを待ったけれど、結局彼は口を噤《つぐ》んでしまう。

蕗苳はまた、小さくため息をついてしまう。

「……長妻から離れられて、嬉しい？」

つい、嫌味な科白が、口からすべり出た。そんなことを言うつもりなどなかったのに。

蕗苳が身売りを承知したのは、それしか選択肢がなかったからではある。けれどこの旅館を失いたくないという気持ちも、確かにあったのだ。ここがなくなったら、旺一郎との唯一の繋がりまで切れてしまう気がした。

なのに旺一郎は、ここを喜んで離れていく。

旺一郎は答えなかった。怒ったのかもしれないと思う。肯定はしなかったけれど、否定もしてくれなかった。それが多分、答えなのだろう。

「……あ、そうだ」

気まずい沈黙を破るように、蕗苳は言った。

そして、まるで今ふと思いついたようなふりで、パーカーのポケットに手を突っ込む。中のものを取り出し、旺一郎に差し出した。本当は、機会があればと思ってずっと持ち歩いていたものだった。

「これ、入学祝い」

「お守り……？」

旺一郎は、渡された朱色の小袋を怪訝《けげん》そうに見つめた。彼の大きな手の中では、それはいかにも小さく見えた。

「学業の神様だって。俺はもうそういうの、持っててもしょうがないからさ。その……貰いもの、なんだけど」

本当はそのお守りは、蕗苳が自分で買ってきたものだった。だけどなんとなく、貰いものだと言ったほうが、素直に貰ってもらえそうな気がした。

旺一郎はそれを握りしめて黙り込む。

突き返される、と蕗苳は思った。

(返さないで)

どうか持っていて、と祈るように思う。形見というのも変だけど、離ればなれになるのなら、何か一つくらい自分に繋がるものを持っていて欲しかった。

旺一郎はそれを突き返すことはしなかった。かわりに睨《にら》みつけるような目で蕗苳を見下ろし、口を開いた。

「なんで逃げないんだ?」

「え……?」

「廓に売られるってどういうことだか、わかってるんだろう」

言われた内容より何より、彼が自分から会話を繋いでくれたことに、蕗苳は驚いた。しかも変に距離を置いた丁寧語ではなく、子供の頃みたいな普通の言葉で。

嬉しくて、つい頬が綻《ほころ》ぶ。

「まともに口きいてくれんの、何年ぶりだろ」

はぐらかすような蕗苳の言葉に、旺一郎はいっそう眼差しをきつくした。蕗苳はそんな彼の表情を見て、少し微笑《ほほえ》む。

「……同情してんの？」

「同情なんか……！　ただ俺は、どうしておまえがあいつの言いなりに売られる気になったのかと」

旺一郎は、蕗苳の兄、浩継のことをあいつと呼ぶ。浩継と旺一郎とは、昔から仲が良くなかった。浩継が放蕩の限りを尽くし、巨額の借金をつくってからはなおさらのことだった。

そんなことを思い出しても懐かしくなる。

「……しょうがないじゃん。父さんは病気だし、兄さんはああだし、変なところから借りた借金はたくさんあるし……他にどうしようもないだろ」

「だからおまえが一人で家の犠牲になるのか。おまえがつくった借金じゃないだろう」

「そりゃそうだけど……」

「何故《なぜ》一人で犠牲になる必要がある!?　男なのに身売りまでして……！　時代錯誤も甚《はなは》だしい」

「……旺一郎……」

彼が自分のために怒ってくれるのが嬉しい。売られてどんな身の上になるのかを知られているのが、身を切られるように痛い。

「別に犠牲なんて……。俺だって家族の一員なんだし、困ってるときには何かしなくちゃ。……だいたい、他に手があるわけでもないし……」

兄に言われたことを、そのまま口にしてみる。そんなことを本気で思っているわけではないけれども。

「……それとも、おまえ何とかしてくれるとでも？」

そう言って茶化してみる。旺一郎にそんな筋合いなどないことは、もちろん百も承知だった。けれど答えがないのが苦しい。

振り払うように旺一郎から目を逸らし、蕗苳は続けた。

「でも……けっこう悪いところでもないってさ。俺、お職になれるって、兄さんが……。男だけどそそるって、さっきもあの人たちが話してたの、おまえも聞いただろ」

「俺……っ」

「……ああ、そういえばおまえの大学、上野のあたりなんだっけ。吉原からそう遠くないみたいだし、……せっかくだから……おまえもよかったら買いに来て？　割と高価《たか》い店みたいだけど、昔のよしみってことで、最初は俺が――」

そこで蕗苳は、びくりと口を噤んだ。

微笑《わら》って見上げた旺一郎の目が、恐ろしくきつく眇《すが》められていたからだ。ぞっとするような冷たい視線だった。そしてそこには明らかに侮蔑が込められていた。

「だったら勝手にすればいい」

吐き捨てるように旺一郎は言った。

そのまま蕗苳に背を向ける。

「あ……」

蕗苳は思わず手を伸ばしたけれども、引き止める言葉を持たなかった。


その夜ふとんの中に入っても、蕗苳はなかなか寝つくことができなかった。

(あんなこと、言わなければよかった)

さっき旺一郎と会ったときのことを、思い出しては後悔する。あのときの旺一郎の蔑むような視線を思い出すと、きりきりと心臓が痛む。

——買いに来て
そう言われて、男を抱く趣味があるわけでもない彼は、どんなに嫌悪を感じたことだろう。男のくせに、男に金で買われる身になる蕗苳に。

（言わなきゃよかった。来るわけないことぐらい、わかってるんだからさ）

普通の男が手を出せる値段の店ではないということもある。けれどそれ以上に、旺一郎は遊廓通いをするような男ではないからだ。相手が女でもそうだが、男ならなおさらのことだろう。

冗談でもあんなことを言うんじゃなかった、と思う。

けれど冷たい目で見下ろされて、あんなにもショックだったのは、

（俺、けっこう本気だったのかも……）

お客として来てくれることでもなければ、もう二度と彼に会うことはできないかもしれない。

でもそれだけの意味じゃなくて。

（旺一郎と寝られたら……）

そんなことを考えて、蕗苳は急に恥ずかしくなった。何をバカなことを考えているのかと思う。旺一郎に知られたら、どんなに気持ち悪がられるかわからない。

それでも、気がついてしまったらもう後戻りはできなかった。

恋という自覚はなかったけれど、ずっとそういうふうに旺一郎のことが好きだったのかもしれない。だからあんなことを口走ってしまったのかもしれない。

昔、父親と共に住み込みの挨拶に来た旺一郎に初めて出会い、蕗苳は一目で彼を気に入

った。

――こっちは俺がもらっていい？

旺一郎を指して、蕗苳は言った。旺一郎自身は長妻の使用人になったわけでもなんでもないのだから、普通ならそんな話が通るわけはない。けれど蕗苳は強引に、旺一郎を自分付きの召使いのようにしてしまった。我が儘を言い、気儘を言って、旺一郎の忠誠心を試した。――いや、本当は忠誠心ではなく、友情を試しているつもりだったのだけれど。

旺一郎の主人になりたいわけじゃなく、友達になりたいだけだったのだと思う。

でも、それには完全に失敗してしまった。

子供で、甘やかされて育って、世間も他人とのつきあいかたも何もかも、知らなすぎたのだ。

そして旺一郎が、あまりにも冷たかったから。縛らなければ、ほんの少しも優しくしてはくれなかったから。

（……なんだ。最初から嫌われてたんじゃん……）

今さらながら気づいて、苦笑する。けれど笑いながらも胸が締めつけられるように苦しくなって、涙が滲《にじ》んだ。

でも、話ができてよかった、と思う。

これで本当に最後かもしれないから。

蕗苳の年季が明けるまで、十年だ。

浩継は旅館が立ち直ったらすぐにでも身請けすると言ってくれるけど、あの兄があてにならないことはよくわかっていた。いつか蕗苳が戻ってこられたとしても、そのとき旺一郎がここにいるかどうか。

十年後……旺一郎は二十八になっている。旅館がどうにか立ち直っていたとしても、彼はもう長妻に頼らなくても、一人で十分やっていけるようになっているだろう。そのころには六十近くになっているはずの父親を引き取って、どこか遠くでしあわせに暮らしているかもしれない。

旺一郎は凄く成績が良かったから、遠い親戚が見込んで援助してくれることになったのだと蕗苳は聞いていた。そして最高峰とも言われる大学の医学部にも受かって、もう将来が約束されたも同然だった。次に会えたとしても、とても偉い人になっているに違いなかった。

そしてそのときは、蕗苳もまた、今と同じではないのだ。

(住む世界が違ってる。きっと)

そうなる前に、綺麗なからだのうちに会っておけてよかった。最後が喧嘩《けんか》別れになってしまったとしても。

(あのお守り、いつまで持っててくれるかなあ……)

たまには蕗苳のことも思い出してくれるだろうか。

(もう会えないかもしれないけど、どうか元気で、勉強頑張って)

蕗苳は薄暗がりを見つめながら、とりとめもなく旺一郎のことを考え続けていた。


ふっと目が覚めたのは、縁側に続く障子の向こう、閉ざした雨戸を叩く音がしたからだった。

いつのまに寝入っていたのかと思いながら、蕗苳はからだを起こす。気のせいかと思ったが、夜半から降り出した雨音に混じり、確かにそれは続いていた。

泥棒か。けれどノックする泥棒なんて聞いたこともない。

無視しようかとも思ったが、どうしても気になって、蕗苳はそろそろと起き出した。這《は》っていって障子を開け、サッシの鍵を外す。雨戸を少しばかり開けて覗いてみる。

その途端、心臓が止まりそうなほど驚いた。

「旺……っ」

叫びかける口を、旺一郎の大きなてのひらが塞《ふさ》いだ。

そのまま彼は膝をつき、部屋の中に押し入ってきた。背中でぴしゃりと障子を閉める。

「——なんで……っおまえ……！」

ようやく口を解放され、蕗苳は叫んだ。どうして今夜、ここに旺一郎が現れたのかわからなかった。

「……静かに」

低く旺一郎が命じてくる。

蕗苳は反射的に唇を閉じた。

旺一郎は恐ろしいような目をして蕗苳を見ていた。彼の髪もシャツの肩もぐっしょりと濡《ぬ》れている。こんな季節に寒くないのかと思いながら、蕗苳はパジャマの袖でそれを拭ってやった。

「どうしたんだよ……？」

また、戸惑いながら口を開く。

次の瞬間、旺一郎はいきなり畳み両手を突いていた。

「旺一郎……っ」

蕗苳は驚いて思わず声をあげていた。旺一郎は言った。

「俺と逃げてくれ」

旺一郎が口にしたセリフに、蕗苳は絶句した。

「身売りなんかやめて、逃げるんだ。そしてどこか遠くへ行って一緒に暮らそう。おまえ

のことは、俺が絶対守るから」

今聞いた言葉が、とても現実に聞こえたものだとは信じられなかった。耳を疑った。それなのに何故か、涙が滲みそうになる。

「……な……何言ってんだよ……」

「逃げてくれ。頼む」

「は……冗談……っ」

蕗苳は笑い飛ばそうとした。まっすぐに射抜くような旺一郎の視線から目を逸らし、タオルを取ってくるから、と立ち上がりかける。その腕を強く摑まれ、引き戻された。

「本気だ」

「で――できるわけないだろ……!!」

誰かに騒ぎを聞きつけられたら困ることも忘れ、蕗苳は大声を出していた。気がついてはっと口を押さえる。そして息を潜めた。

「できるわけないだろ。もう話は決まっちゃってるんだし、俺が行かなかったらお父さんや長妻が……」

「だから、それがおまえに何の責任があるんだ⁉　あの馬鹿が、好き放題遊んでつくった借金だろう。だいたい家のために誰かが犠牲になるなんて間違ってる。おまえが逃げたって、残された者は残された者でなんとかするさ」

「なんとかならないから俺が身売りするんだろ⁉」

「ならなきゃならないでかまわねーだろ。放っとけよ‼」

　ようやく、蕗苳は彼の本気を実感しはじめる。本気で旺一郎は、蕗苳をつれて逃げてくれるつもりなのだ。

　正義感からか、兄浩継に対する反発からだろうか。だとしても、そう言ってくれたこと自体が嬉しかった。このまま死んでもいいくらいに。

「……俺と逃げてくれ」

　旺一郎はまた繰り返す。

「でも」

「おまえ、昔はもっと我が儘だったはずだろう。なのにどうして」

「旺一郎……」

　そう、我が儘だった。世界は自分を中心に回っていると思っていた。他人のことなど欠《かけ》片《ら》も思いやらなかった。だから旺一郎にも嫌われた。

　あの頃のことを、蕗苳は本当に後悔しているから。

「……何が嫌なんだ。俺のことを好きじゃなくても、いろんな男に抱かれるより俺一人のほうが、百倍もマシだろう⁉」

「抱かれるって……」

かっと頬が赤くなるのを、蕗苳は感じた。そこまでいくことを、旺一郎は考えているのだろうか？　一緒に逃げるっていうのは、ただ売られていくのをたすけてくれるというだけではなく、駆け落ちしようと言う意味だったのだろうか。——まさか！

だけどそう考えると、ますます全身が赤く染まる気がした。

「あ……いや」

口走ったセリフの意味に気づいたのか、旺一郎は口ごもる。

「嫌なら、それは無理にとは……」

その照れたような表情と言葉が愛しくて、こんな場合なのに蕗苳はつい小さく笑ってしまった。

「笑い事じゃない」

「……ごめん」

「抱かれてくれなくてもいい。とにかく一緒に逃げてさえくれればそれでいい」

「……そんなこと言ったって……」

蕗苳は今にも頷いてしまいそうだった。旺一郎が何故ここまで言ってくれるのか、期待してしまいそうな自分の心を必死で抑えていた。

「……おまえのほうだって簡単にはいかないだろ。お父さんを捨てて行けるのかよ？　俺たちが一緒に逃げたなんてわかったら、きっとたたじゃ済まない。それにおまえだって……せっかく大学決まったんだろ。援助してくれる親戚になんて言う？　申し訳ないと思わないのかよ？」

「それくらいのこと、考えてないと思うのか」

「だったら……！」

「おまえのほうが大事なんだ……!!」

蕗芩の言葉を、遮るように旺一郎は怒鳴った。

「……旺一郎……」

呆然と、蕗芩は呟《つぶや》く。

「そんな……そんなこと今まで全然」

声が震えた。

「全然言わなかったじゃないか。……嫌われてると思ってた」

「嫌えたらどんなによかったか……！　子供のころから、おまえほんと散々だったものな。我が儘で」

「わ……悪かったなっ……どうせ」

「だけどどうしても嫌なんだ」

思わず言い返そうとする蕗芩を、旺一郎は遮《さえぎ》る。

「他の男がおまえにさわるのかと思うと、考えただけで腑《はらわた》が煮える。相手の男もおまえも、八つ裂きにしてやりたくなる。――おまえが」

畳を睨みつけたまま、押し殺したように口にする。

「好きなんだ」

「――……」

蕗苳は、すぐには言葉も出てこなかった。だって旺一郎はずっと、あんなに冷たかったじゃないか?

あのころの旺一郎の冷たさと、今の情熱が、蕗苳の中で結びつかなかった。

驚いて、信じられなくて、けれど胸の奥からあふれてくる喜びを抑えることができない。

だから一緒に逃げてくれ、と旺一郎はもう一度繰り返す。

蕗苳はそっと手を伸ばし、彼の頭に手を乗せた。しっとりと雨に濡れた髪は昔のまま、見た目からは意外なほどやわらかい。

旺一郎は顔を上げ、蕗苳の手を摑んで抱き寄せた。

熱を帯びた唇が重なってくる。

蕗苳はもう、この誘惑に逆らうことなどできなかった。

夜半過ぎ、簡単に支度を済ませた蕗苳は、旺一郎につれられて、部屋を脱け出した。

人目を避けて、庭の裏側から山を下る。雨の降る暗い山道はすべりやすく、ひどく歩きにくかった。

「……足許に気をつけて」

そう言って、旺一郎が手をとってくれる。蕗苳はふっと笑ってしまった。

「なんか、変な感じ」

旺一郎は怪訝そうに見つめてくる。その端正な顔が、月明かりに照らし出されていた。

体格の良さや身に纏う刃物のような雰囲気《ふんいき》のほうが先に立ち、怖そうな印象を持たれてしまうことが多いけど、本当はとても整った顔をしていると思う。内側にある何かとても綺麗なものが現れているようで、蕗苳は凄く好きだった。

「……何が」

「おまえがやさしいと」

はっ、と旺一郎は苦笑した。

足場の悪い高低差のある場所を先に降りて、蕗苳を抱き下ろす。そしてまた手を引いてくれる。

捨ててきた父親に胸の中で謝りながら、蕗苳はしあわせだった。

山を下りたところには、すぐに駅がある。

と、少し平坦になった道を歩きながら、蕗苳は聞いてみた。

「どこへいく？」

「やっぱり人の多いところのほうがまぎれやすいかな。東京？　大阪？」

「どこへ行きたい？　行きたいところがあればどこへでもつれていくし、見たい場所があればどこでも見せてやるよ」

「地の果てでも？」

「地の果てでも」

蕗苳はまた微笑った。このままこの道がどこまでも続いて、手を繋いで歩いていければいいのに、と思う。

「……あ、そうだ。広島がいい」

「広島？」

「おまえが生まれたところなんだって？」

そんな話をずっと前にちらりと聞いたことがあった。彼が生まれて、十二歳まで育った街を見てみたいと思う。長妻まで流れてきたのは、その街を逐《お》われたからだということも耳にしてはいたけれども。

「見たって、別に面白いこともないだろう」

「嫌？　どこへでもつれてってくれるんだろ？」

「……いいよ」

多分、あまり良い思い出はないんだろう。それでも、蕗苳が言えば帰ろうとしてくれる。それが嬉しくて、蕗苳は旺一郎の腕に、ぶら下がるようにぎゅっとしがみついた。

「何、笑ってる？」

「さあ……なんかしあわせだからかな……。——あ、駅だ！」

麓に、駅の灯りが見えはじめた。

まだシャッターが降りてはいるが、始発まで少しのあいだ待っていればいい。旺一郎と一緒なら、そんな時間だって楽しい。

けれどそんな思いは、駅から数メートルのあたりまで来たところで、ふいに打ち砕かれた。

駅舎の陰から、数人の男たちが姿を現したのだ。一見して堅気でないとわかる、何度も旅館に踏み込んできた取り立て屋と、同じ種類の男たちだった。

「……あれ……」

「ああ」

震える声で指さすと、旺一郎が蕗苳の手を握り締める。逃げるぞ、と囁くのへ小さく頷く。きびすを返して、またはっと息を飲む。

そこにいたのは、浩継だったのだ。彼は普段着ている着物のままで腕を組み、唇に意地の悪い笑みを浮かべていた。

「兄さん……どうして」

「こんなことじゃねーかと思って、気ぃつけてたんだよ。そしたら夜中におまえの部屋に電気が点《つ》いて、ちょっとして消えただろう。ピンと来て見に行ったらもぬけの殻だったからな。駅じゃないかと見当をつけて先回りってわけよ」

蕗苳は歯噛みした。

準備するときに点《とも》してしまった明かりが、こんな事態を招くなんて。

たった電気を点けただけのことで、事態に気づいてしまう。兄にはそういう聡《さと》い一面も確かにあったのだ。何故これを経営に活かしてはくれなかったのかと思うほど。

「よう、旺一郎」

浩継は旺一郎のほうへ視線を移した。

「駆け落ちかぁ？　やるじゃねーか。だが蕗苳は俺の大事な弟なんでね。処女のまんま返してもらわねーと困るんだよ」

旺一郎が拳を握り締めるのがわかった。

浩継は、蕗苳たちの後ろに立つ男たちに、顎で合図した。

振り向いた途端、彼らが旺一郎に向かってきた。

「旺一郎……!!」

思わず蕗芩は叫んだ。

旺一郎は蕗芩を背中にかばうようにして、棒を持って殴りかかってきた男を避け、逆に殴り飛ばした。けれど一人で終わるわけがない。次々に男たちは旺一郎を襲った。旺一郎は彼らの襟首を摑んでは鳩尾《みぞおち》に拳を叩き込み、蹴り上げる。

喧嘩慣れしているはずのやくざ者たちより、旺一郎のほうが強かった。それでも、一人に四人がかりだ。簡単には突破できない。蕗芩は加勢しようと、武器になるものを探して周囲を見回した。

後ろから腕を摑まれたのは、そのときだった。

浩継だった。

「さあ来てもらおうか」

「放せよ……！」

「蕗芩……!!」

気配に気づき、旺一郎が振り向いた。その瞬間、旺一郎に対峙《たいじ》していた男の手許が光った。

「旺一郎……!!」

蕗芩は悲鳴をあげた。男はナイフを握り締め、旺一郎に突っ込んでいった。

心臓が止まりそうになる。旺一郎が刺される。死んでしまう。蕗芩は彼の名を絶叫した。

胸を狙うナイフを、旺一郎は辛うじてかわした。刃先は左腕を掠《かす》める。男がしくじり、バランスを崩した一瞬の隙を狙って、旺一郎は男の手を捻りあげた。骨の折れる鈍い音がして、アスファルトにカラリとナイフが落ちる。

「旺一郎……っ！」

蕗苳は死に物狂いで暴れ、浩継の手から脱出しようとした。兄の腕力はそれほどではないとは言っても、簡単には振りほどけない。腕に噛みつき、一瞬怯《ひる》んだ隙に抜け出したが、すぐに彼は摑まえ直そうと手を伸ばしてくる。蕗苳は、男の一人が落とした棒を拾い、しゃがみ込んだまま、兄の脚を思いきり薙《な》ぎ払った。

彼が倒れるのも見届けずに、立ち上がろうとする。その目の前に手が差し伸べられた。

「旺一郎……っ怪我《けが》……！」

旺一郎のコートの左腕はざっくりと裂け、血が滴っていた。蕗苳はそれに目を見開いたが、旺一郎はかまわずに蕗苳を引き起こした。

「早く……！」

「でも」

「たいしたことない」

促され、彼に手を引かれるまま、蕗苳はまた走り出した。

＊

「どこの病院だって？」

「……記念病院です。市内の」

話しかけてくる運転手の問いかけに、旺一郎は適当に答える。

「ああ、なんか聞いたことある。姉貴があのへんに嫁《とつ》いでるんだよね。最後まで送ってやれりゃよかったんだけどねえ」

あれから国道まで出て、通りかかったトラックに便乗させてもらった。

徒歩で行けるような近くの駅には、手配が行っているだろう。この時間、このあたりにタクシーなど走ってないし、手が回っているかもしれないことを考えると、迎車を頼むのは危険過ぎた。夜が明ける前に街を離れるには、これが最上の手段だったのだ。

――家出かい？

と疑われ、広島に住む祖父が危篤《きとく》で、一刻も早く兄弟で駆けつけたいのだと作り話をした。

駅から国道まで走る途中で、蕗苳は足を挫《くじ》いていた。大丈夫だと言ってはいるが、靴擦れも起こしているし、朝になって薬局が開いたらすぐにでも薬と湿布を買わなければと思う。

――それよりおまえのほうが心配

と、蕗苳は言う。

旺一郎の腕の傷は、蕗苳がシャツの上からタオルで縛ってくれた。上からコートを着れば夜目には目立たない。コートも裂けて血が染みてはいるが、黒い布地のおかげで運転手には気づかれずに済んでいるようだった。

蕗苳はずっと心配そうに旺一郎の左手をさわっていたけれども、今は彼に寄りかかって微《かす》かな寝息をたてている。その肩を、旺一郎は抱いていた。

可愛い、と思う。

子供のころから蕗苳とのつきあいは、無邪気に甘えて、懐いてくるのが可愛い反面、腹の立つことも多かった。蕗苳にとっての自分は兄のような遊び相手でもあり、同時に使用人でもある、とても都合《つごう》の良い存在だったのだろう。まるで試すような我が儘に、何度プライドを傷つけられたか知れない。

それでも惹かれていた。

我が儘に呆れ、年下のくせに平気で命令してくることに皮肉な思いを抱きながら、いつもつい言うことを聞いていたのは、逆らえない立場にあったからだけではない。蕗苳が可愛かったからだ。

故郷では、旺一郎はやくざの子だと知られていた。そのうえ目つきが悪く、愛想のない子供だった。売られた喧嘩は買うほうだったから、しょっちゅう揉め事も起こしていた。クラスメートも教師たちも、誰もがそんな彼のことを遠巻きに避けた。

でも、蕗苳は。

最初からくったくなく懐いてきたのだ。

堅い顔しかできない自分を恐がりもせず、それどころか邪険にしても邪険にしても纏わりついて、離れようとしなかった。そんなふうに、冷たくされた相手にもまた寄っていける蕗苳が、旺一郎は不思議《ふしぎ》でならなかった。自分ならそんな真似《まね》は、絶対にできなかったからだ。

これが苦労知らずということか、と冷ややかに眺めながらも、旺一郎はどこかで癒《いや》されていたのだと思う。

振り回されるのに辟易《へきえき》するふりを続けながら、可愛らしい我が儘を言われるのが、いつのまにか楽しみになっていた。

それが欲情さえ呼び起こすようになったのはいつのことだったのか。

子供らしく添い寝をねだるのが誘っているように聞こえた。無防備に傍で眠る姿に思わず手が伸びそうになり、自分を抑えるのに必死にならなければならなかった。眠っているあいだにキスしたこともあった。もうあと少しでも傍にいたら、引き裂いてしまうと思った。

そしてそんな気持ちを気づかれるのが、死ぬほど嫌だった。自分でも認めたくなかった。もし好きだと認めたりしたら、負けるような気がした。惹かれているんじゃなく、ただの欲望だと思い込もうとした。

旺一郎が避けるようになると、蕗苳はますます彼を縛ろうとした。それでも邪険にすると、蕗苳はとても悲しそうに打ちしおれる。滅多に会わなくなってからも、遠目に顔を見るようなことでもあると、蕗苳がずっと自分を目で追ってくるのがわかった。

可哀想に思いながら、けれどそのことに、旺一郎はたまらなくぞくぞくした。自分でもおかしいと思うくらいに。

だが、自分の心に対するそんな欺瞞《ぎまん》は、蕗苳が遊廓へ売られると聞いた瞬間、あっさりと暴かれてしまったのだ。

蕗苳を他人の腕に抱かせたくなかった。死んでもゆるせないと思った。蕗苳が他の男に抱かれるなんて。

どうしても止めなければ。それがだめなら攫《さら》って逃げるしかないと思った。蕗苳が嫌だと言っても、どうしてもつれて逃げる。

狂おしく思いつめて、旺一郎ははっきりと自分の気持ちを自覚した。

今日、長妻へ行ったのは、用を言いつけられたからではない。

蕗苳に、会いに行ったのだ。

＊

分かれ道で下ろしてもらい、トラックの運転手と別れた。

近くにあった児童公園で、少し休む。このあたりでもまだ小雨がぱらついていて、三角のチーズの家の中に二人で並んで座った。

夜明けまであと一、二時間というところか。ホテルを取るにも、この時間で入れるところを探すのは難しく、見つかってもラブホテルだろうと旺一郎は言った。

「ラブホでいいのに」

と、蕗苳が言うと、

「ばか」

と少し照れたように返してくる。本当に、旺一郎とならそういうところに泊まってもいいのに、淫らだと思われそうで蕗苳はそれ以上言えなかった。ただでも一度は廓行きを承知したことで、そう思われているかもしれないのだ。

「腹減っただろ。何か食べるもの買ってこようか」

と、旺一郎は言った。

「俺も行く」

「足が痛むだろう。雨も降ってるし、すぐに戻ってくるから」

逃げるときに挫いた足を、旺一郎は気遣ってくれる。それでコンビニを探して歩き回るのはやめたほうがいい、と。

心細く思いながらも、蕗苳は頷いた。

「ほんとに早く戻れよ？　見つからなかったらそれでもいいから。な？」

何度も念を押して、旺一郎を見送った。

ふいに、持ち出してきたスポーツバッグの中から、ブーンという音が聞こえてきたのは、その直後だった。

携帯電話のバイブだ。そういえば持ってきたのだった、と蕗苳は何も考えずに取り出す。そしてその電話を受け、硬直した。

『よう、蕗苳』

兄からだった。

習慣で、相手も確かめずに出てしまったことを、蕗苳は後悔した。

『旺一郎はどうした。そこにいるのか』

「……今、買い出しに行ってる」

『じゃあ都合がいいや。なあ、おまえ思いっきりブッ叩いてくれたよなぁ？　おかげで脚の骨にヒビが入っちまったぜ。今やっと病院から帰ってきたところよ。俺が警察に訴えたら、おまえ傷害罪で刑務所行きだぜ？』

蕗苳は拳をぎゅっと握り締めた。

「……兄さんたちこそ……！　旺一郎に怪我させたくせに……！」

刃物まで出して大勢で殴りかかって。旺一郎が強かったからあの程度で済んだものの、そうでなければ半殺しになっていても不思議はなかったのだ。それどころか、殺されていたかもしれない。

けれど兄は、都合の悪い話にはまるで耳を貸しはしなかった。

『今すぐ帰ってこい。そうすりゃ今度だけは大目に見てやるよ』

「……帰りません」

『おまえ、自分が何やってるかわかってんのか？　ええ？　おまえが戻ってこなきゃ、親父の生命保険で借金返さなきゃなんねーんだぜ？』

「りょ……旅館を手放せばいいじゃないか」

『おまえ、旅館が何重抵当に入ってると思ってんだよ？』

それは藹芩が初めて聞く話だった。けれど考えてみれば、想像がついていて当然のことだったのかもしれない。

「だったら……だったら兄さんの生命保険で払えばいいだろ!! 俺は帰らないから……!!」

そんな殊勝なことをして責任をとるような兄ではないことはわかっていた。帰らないということは、父親を見捨てると同じことだ。改めて突きつけられて、眩暈《めまい》がする。だけどせっかく旺一郎が一緒に逃げてくれたのだ。絶対に戻りたくなかった。旺一郎と、一からはじめたかった。

『へえ……そうか』

兄の声の調子が、少し変わった。攻撃の方法を変えたのだ。

『じゃあおまえは、自分のために旺一郎の将来まで台なしにして平気だって言うんだな？おまえのために、あいつは大学にだって行けなくなるんだぜ。頭良かったのになあ。俺だって悪かぁなかったが、昔からあいつには適わなかった』

彼の言葉は、藹芩の胸に刺さってきた。

『おまえはガキだからわかんねーだろうけど、あいつの大学って入るの難しいんだぜ？せっかく受かって将来安泰ってときに、おまえなんかに引っかかって、あいつもまあ可哀想に。駆け落ちなんかしてやくざに追われて、大学には行けねぇ、まともな職にはつけね ー……おまえ、それでいいわけ？　あいつ、昔っから医者になるのが夢だったんじゃなかったのかよ？』

兄の言うとおりだった。旺一郎は昔から医者になると言っていた。口には出さなかったけれど、病死した彼の母親のような患者をたすける人に、旺一郎はなりたかったのだと思うのだ。……それを自分が邪魔する。

悲鳴のように蕗苳は叫んだ。

「でも、旺一郎はそれより俺のほうが大事だって……！」

旺一郎はそう言ってくれたのだ。

けれど必死で言い返しながら、蕗苳の胸は、抉《えぐ》られたように痛んでいた。兄のいうことはさすがに的を射ていた。兄には、蕗苳の急所がわかるのだ。

兄は蕗苳の言葉に、鼻で笑った。

『はっ。今はちょっと青臭い正義感で気が狂ってるだけさ。いつまで続く？　おまえのどこにそんな価値があるんだよ』

「俺は旺一郎を信じてるから……!!」

『あんまし大森《おおもり》組を甘くみないほうがいいぜ。逃げ切れると思ってるんだろうが、あそこは全国組織だ。ちょっと目立つことでもしたら、すぐ見つかっちまう。息を潜めてこそこそ暮らさねーとな。最高峰とも言われる大学の医学部まで受かった旺一郎に、おまえそういう暮らしさせるわけ？　それに何より、見つかったが最後、旺一郎は殺されるぜ？』

「殺される……!?」

『そりゃそーだろ。大金のかかった大事な商品のおまえを盗んで逃げたうえに、組の若いの何人も病院送りにしたんだからな。勿論《もちろん》旺一郎の親父もただじゃ済まねえ。旺一郎の親父、うちの親父、そして旺一郎……と、三人も殺しておまえ平気なのか？　俺だってそういう皆殺しみてぇのは好きじゃねーけど、うちに来てる借金取りの奴ら、俺にだって抑えられやしねーんだからな』

血の気が引くような思いがした。

つい先刻、旺一郎が刺されたと思ったときのことが、まざまざと脳裏に蘇ってきた。相手の手の中にあったナイフを見たとき、ぞっとした。旺一郎が死ぬ、と思って心臓が止まるかと思った。

このまま旺一郎と一緒に逃げれば、それが現実になるかもしれない。

蕗苳は携帯電話を持ってきてしまったことを、死ぬほど後悔した。こんなもの、持ってこなければよかった。つい習慣で入れてしまったけれど、何も聞かなければ何も考えず、一緒に逃げてしまえたのに。

『なあ、蕗苳』

兄の声が、更に猫なで声になる。獲物がかかったことを知った声だった。

『昔っから纏わりついてたのはおまえばっかりで、旺一郎はずいぶん邪険だったよな。おまえに惚れてるわけじゃねーんだよ。それがつい一時の気の迷いで同情した……それだけの相手に、これ以上迷惑かけてどうするよ？』

帰ってこい、と兄はもう一度言った。

『たいしたことじゃねーだろ。遊廓へ行ったって、ちょっと男の相手をすりゃいいだけだ。そのうちお大尽が身請けしてくれるかもしれねーし、医者になって金持ちになれば、旺一郎だって通ってくるかもしれないぜ？』

この期に及んでそんな冗談を言う兄が、心底憎いと蕗苳は思った。

「……俺が戻れば、旺一郎には手を出さない？」

『ああ』

「父さんにも、旺一郎のお父さんにも」

『ああ。俺が責任持って頼んでやるよ』

「……わかった」

震える声でそう答えて、携帯を切った。

喉の奥から込み上げてくるもので、叫び出しそうだった。それを飲み込み、あふれそうになる涙を拭う。

早く、この場を離れなければならないと蕗芩は思った。決心が鈍る前にだ。すぐに旺一郎が戻ってくる。そうしたら、顔を見たらきっと何も言えなくなる。だから、今のうちに。

バッグを手に、蕗芩は立ち上がった。

雨の中、少し脚を引きずりながら、旺一郎が出て行ったのとは逆の公園の出入り口へ向かう。

けれど車止めの傍まで来たところで、蕗芩は立ち尽くした。コンビニの袋を下げて戻ってきた旺一郎と、鉢合わせしたのだった。

旺一郎は目を見開き、蕗芩を見つめた。

「……どこへ行くんだ？」

声が出てこなかった。何を言えばいいかわからなかった。何でもない、と答えて彼の腕をとり、このまま一緒に逃げ続けることができたらどんなにいいか。

でも、それはもうできないのだ。

「……やっぱり、家に帰る」

蕗芩はうつむいてそう答えた。

「帰るって……何言ってるんだ」

旺一郎の言葉が震える。信じられない、という声だった。本気で動揺しているのがわかる。見ていると可哀想になるくらいだった。涙が零《こぼ》れそうになるのを、蕗苳は堪えた。

「帰ったらどうなるかわかってるのか!?　廓に売られて、——好きでもない男に、誰彼かまわず犯されて」

「わかってるよっ、でも……！」

蕗苳は旺一郎が言い募るのを遮った。

「……こうやって逃げて、どうして暮らしていくんだよ？　貧乏なんてしたことないし、それくらいなら、身売りしたほうがマシだっての。たいしたことじゃないじゃん。セックスなんて、誰でもやってることなんだし、そのうち金持ちが身請けしてくれるかもしれないしさ。……おまえも悔しかったら、大学出て金持ちになってみろよ。百年早いんだよ、俺を攫って逃げようなんて……！」

襟首を摑まれ、塀に押しつけられて、蕗苳は口を噤んだ。

旺一郎が拳を振り上げる。その手から、バサッとコンビニの袋が落ちた。中からプリンや肉まん、チョコレートなどがころころと転がり出てくる。銘柄まで、蕗苳の好きなものばかりだった。

(憶えててくれたんだ……)

泣きそうになる。このまま いっそ殴り殺してくれたら、と思う。

けれど旺一郎は、蕗苳から手を離した。

すぐ脇のコンクリートに拳を叩き込む。そして力なく腕を下ろした。その手から滴る血が、心配でならなかったけど。

「……勉強頑張って」

それだけ口にして、蕗苳は彼の傍をすり抜けた。公園を出て、ちょうど通りかかったタクシーに飛び込む。

さよなら、とは蕗苳にはどうしても言えなかった。

【2】

見返り柳と呼ばれる痩《や》せた柳の前から、ゆるく折れた衣紋坂を降り、吉原大門をくぐると、そこから先は別世界になる。

少し前までソープ街だったこの区画は、公娼地区に指定されてからというもの次々に大型資本が流入し、遊廓《ゆうかく》や高級娼館が立ち並ぶ、一昔前からは考えられないような華やかな色街と化していた。

その中で、蕗芩《ふき》が買われていったのは、花降楼《はなふりろう》という名の大きな遊廓だった。

ある大金持ちが、戦前の遊廓をモデルに、道楽半分事業半分でつくった店だという。

売春防止法が廃止されたとはいえ、遊廓を現代に、しかも遊女はすべて男に替えて蘇らせようというのは、オーナーは相当の好事家《こうずか》であるらしい。しかも遊女ばかりか遣り手から番頭まで、見世《みせ》の人間はすべて男という徹底ぶりだった。

料亭風の優雅なつくりをした三階建ての建物の暖簾《のれん》をくぐると、一階には紅殻格子《べんがらこうし》の鮮やかな張り見世があった。色子《いろこ》たちはここへ並んで客に顔見せをする。見世では、花魁《おいらん》を傾城《けいせい》と呼び、娼妓《しょうぎ》を色子と呼んでいた。

二階より上には本部屋と呼ばれる色子たち個人の部屋、廻し部屋という客を掛け持ちするための部屋などが集まっている。

入ったばかりの蕗苳にはまだ自分の部屋はなく、似たような年頃の少年たちと一緒に大部屋で暮らしていた。他人との同居は慣れない身には辛かったが、修学旅行のような楽しさも、なくはなかった。

あれほど売られることに抵抗したくせに、けっこう簡単に馴染んでしまうものだな、と蕗苳は自嘲する。けれど父や旅館のことを考えれば、慣れる以外しかたがなかったのだ。それに本当に大変になるのは、水揚げからあとの日々なのだということもまたわかっていた。

「さる高貴な方の御落胤《ごらくいん》だってさ」

と、蕗苳はオーナーについて、禿《かむろ》仲間の花梨《かりん》から教えてもらった。

禿というのは、傾城の身の回りの世話などをする色子見習いのことをいう。

昔は七、八歳の子供の仕事だったというが、現在の花降楼では十六歳までは禿と呼ばれた。そしてのちに新造《しんぞう》と呼び名がかわり、十八になると水揚げされて一人前の色子になる。

売春防止法が廃止になったとは言っても、今は昔と違って風俗営業法があるので、十八歳未満の男女の売春は、以前同様禁止されていた。

禿は桜色の木綿、新造は紅の正絹が決まった衣装で、一人前になるとその上に、しかけと呼ばれる鮮やかな打掛を羽織《はお》るようになる。そういう序列が見た目にもはっきりと決まっていた。

一歩大門の外に出れば現代なのに、中では何もかもが時代めいていて、ときどき蕗苳はひどく混乱してしまう。

「ご落胤って？」

「元華族で政治家、そしてこれだけの財力を持った家柄と言えば……わかるだろ？　噂だけどさ」

そう言われても、蕗苳には見当もつかなかった。

「……オーナーってホモなの？」

「そりゃそうじゃない？　でなきゃ、さすがに考えつかないだろ。いくら日本には長い陰《かげ》間《ま》の歴史があるとはいっても男の遊廓なんて」

「それもそっか……」

妓楼主には一度、最初に花降楼に来た日に会っている。品定めされて、ずいぶん怖い思いをしたのを覚えていた。

――着ているものを脱ぎ、足を開いて自分で尻を広げて見せるのですよ

そうしてからだの中まで調べられて。

ホモだったのか、と今さらのように思う蕗苳だった。

「いつまで喋ってんだ？」

浴室とのあいだにある硝子《がらす》扉の向こうから、ふいにそう声がかかった。

いつのまにか脱衣所で話し込んでいたのだった。

風呂に時間をかけるのはむしろ奨励《しょうれい》されてはいるが、からだを磨《みが》きもせずに脱衣所でだらだら喋っているのでは意味がないのだ。

「すみません……！」

と反射的に答えて慌てて着物を脱ぎ、ばたばたと浴室に駆け込んだ。

広い檜の湯船を独占していたのは、ここでお職を張っている、綺蝶《きちょう》という傾城だった。お職とは、先月の花代（売り上げ）が一番だった傾城をいうが、二月に一回以上は綺蝶がとっている。蕗苳も花梨も、この綺蝶の部屋づきの禿でもあった。

綺蝶はシャギーの入った長めの髪を頭の上のほうでくくっていて、こちらに背を向けたうなじから肩の線が、湯船の縁から覗いている。華奢《きゃしゃ》というほどではないし、しっかりした骨格に、薄いが均整のとれた筋肉が綺麗にのっているのだが、どこかぞくっとくるほど艶《なま》めかしかった。

「おはようございます。今からですか？」

「もうあがるけど。昨日の客は長かったからな――延長にもほどがあるっての」

花梨が問いかけるのへ、首だけ振り向いて気さくに答えてくる。

「背中流しましょうか」

「いーよ。もう済んだ」

そして並んで鏡の前に座る二人に、ぽんぽんと糠袋《ぬかぶくろ》を放った。

「しっかり磨けよ。稼げばそれだけ早く上がれんだからな」

稼ぐためにはからだが資本だ。風呂場には米糠と糠袋が用意されていて、肌を磨き上げるように禿のころから指導されていた。実際綺蝶や、綺蝶と人気を二分し、毎月お職争いをしている蜻蛉《かげろう》などは、男のものとは思えない肌理の細かいなめらかな肌をしていた。

「はーい」

「じゃあお先」

ざぶ、と湯船を上がる水音がしたかと思うと、その後ろを綺蝶が通り抜け、脱衣所へ出て行った。

残された蕗苳と花梨は、商売道具をせっせと磨きはじめる。

入浴、食事が終わると、蕗苳たちは、夜の見世に向けての綺蝶の支度を手伝う。昔の遊女たちのように化粧したり日本髪を結ったりするわけではないが、着物を着るのには人手が必要だった。

二枚重ねの小袖の襟を大きく抜き、大帯をからだの前で締める。水白粉など塗らなくても首は透けるように白い。その上には赤と黒の派手なしかけ。

華やかな美貌とはいえ、見た目はたしかに男なのに、そんな装いが綺蝶にはとても似合った。傾き者とか、粋、とでも言ったらいいのだろうか。そしてこの綺麗な見た目とは裏腹な、乱暴なほどの気さくな物言いには、不思議《ふしぎ》な引力があった。

花降楼の皆が皆、綺蝶のようだというわけではなかったが、こういう人が何人もいるから成り立ってしまう男の遊廓なのだと思う。一夜でかかる揚げ代も莫大だが、確かにそれだけ玉揃いでもあったのだ。

「さて、と。まだ時間あるかな」

支度が済んでしまうと、綺蝶は時計を見上げた。

「じゃあ勉強会でもやるか」

「勉強会？」

蕗苳が学校のおさらいでもしてくれるのかと首を傾げると、綺蝶は笑った。

「そーゆーのは廓《くるわ》のほうでやってくれるだろ」

高級娼館では、どんな相手でも話を合わせられるように、さまざまな教養を仕込まれる。そういう授業を、蕗苳もまた既に何度か受けていた。

「そういやおまえ、入ったばっかかだもんな。こっちの勉強会は、そーゆーんじゃねーんだよ。花梨、あれ持ってこいよ」

綺蝶が言うと、花梨が箱を持ってくる。蓋《ふた》を開けて出てきた物に、蕗苳は目を剝《む》いた。たくさんの大人の玩具《おもちゃ》だったのだ。

「な――なん……」

「ちんこの模型。見るの初めてだよなあ？　ほら」

頷くと、ぽい、と一つ渡される。

「今日は新入りのために、おさらいからいこーか」

思わず受け取ってしまい、蕗苳はしげしげとそれを眺めた。肌色を濃くしたような色で、かなりリアルなつくりだった。

「あ……あの、……これ」

「それがまあ、そこそこ標準的な色艶サイズの奴かな。自分にもついてんだから、だいたいわかると思うけど」

「う……」

そう言われてみれば、大き過ぎず小さ過ぎず、ごく普通のものかもしれない。けれど蕗苳が言いたかったのはそういうことではなくて、これで何をするのかと言うことだったのだが。

同性の物とはいえ、他人のも自分のもそれほどじっくりと見たことはない。模型とはいってもよくできているし、けっこうめずらしくて、蕗苳はしげしげとそれを眺めた。

綺蝶は箱の中から、新しく少々かたちの違うのを取り出す。そして蕗苳の前に突き出して、言った。

「これが包茎」

いきなり来たそのセリフに、蕗苳はぶっと噴きそうになった。何を言い出すのかと思う。けれどそれでようやく飲み込めた。要するにこの何本ものアレなものは、大人の玩具というわけではなく「教材」であるらしい。

「真性な。ま、こーゆー奴はあんまし廓にゃ来ないけどな。んでもって、こっちが仮性」

「はあ……」

「さて、それでは問題です。客が仮性だった場合、フェラするときに注意することは何でしょうっ」

「えっ⁉」

仮性の模型をマイクのように突きつけられて、真正面から亀頭を覗き込むはめになり、蕗苳は思いきり引いた。一応頭をめぐらせてはみたものの、全然答えを思いつかず、ぶんぶんと首を振る。

「しょーがねーなー。花梨、教えてやって」

はーい、と花梨が答える。

「普段皮を被ってるところは敏感なので、刺激するとあっというまに出してしまうことがあるので要注意です」

「はい、そーねー」

綺蝶はにっこり笑って、花梨に飴玉を放った。

廓の食事は育ち盛りの男の子が満足するほどには出ないので、こういうものもけっこうおやつとして重宝なのだった。

「タイミングを誤ると、飲まされたり顔にかけられたりするからな。そういうプレイのときはしょーがねーけどさ。フェラだけで帰ってくれりゃいーけど、たいていはそうはいかねーからなー」

先に一度出させてしまうと、入れてからが長くなって疲れる、ということらしい。

毎晩、しかも一晩に何人もの客をとるということになると、消耗はかなり激しい。一人一人がさっさと終わってくれるに越したことはないのだ。

あからさまに仕事としてそういうことが話される世界にいるのだということを、蕗苳は改めて実感する。そしてそれがあと二年もしたら、自分の仕事にもなるのだ。

「で、俺の今までの経験では、一番小さいのでこれくらい。大きいのだと……」

綺蝶は右手で小ぶりのを、左手で腕ほどありそうな大ぶりのを掴み出す。

「ま、これくらいまではあったかな」

あまりの太さに、蕗はつい驚嘆ともつかない吐息を漏《も》らしてしまう。腕みたいだと思う。

「こーんなのに当たったときは悲惨だったぜぇ。なるべくそろそろやるしかなかったけど、お姫様ぐらい華奢だったら壊れちまってたかもな――……っとと」

綺蝶が口を噤《つぐ》んだのは、開け放してあった廊下へ続く窓の外に、ちょうどその「お姫様」がいたからだった。

綺蝶とお職を争って犬猿の仲の傾城、蜻蛉は、廓内では秘かに「お姫様」と綽名《あだな》されていた。

二人とも甲乙つけがたい美貌だが、どちらかといえば気さくで庶民的な綺蝶とは対照的に、蜻蛉はずっと取り澄まして高慢な感じがする。男にそんなことを思うのは変なのかもしれないが、確かに零落《れいらく》した気位の高いお姫様を思わせるのだった。実際、もとはそれなりの家柄の出だともいう話だった。

蜻蛉は通りすがりに今の科白《せりふ》をすっかり聞いていたらしく、わずかに顎をあげ、冷ややかな視線でこちらを見下ろしていた。

「昼間からあいかわらず下品だな」

「仕事熱心と言って欲しいね」

「好き者め。まったく、好きこそものの……とはよく言ったものだ。おまえ、客を断ったこと、あるのか？」

昔の吉原に倣《なら》っている花降楼では、傾城ともなれば気に入らない客を断ることもできるのだ。気位が高いだけのことはあって、蜻蛉などはけっこう断っているようだ。けれど綺蝶は、どんな不細工やでぶでも、そういえば断っているのを見たことがない。

「そーいや、ねーなあ」

と、綺蝶は自分で答える。

「昔は次々客を断って、一生処女で通した花魁だっていたらしいのに、おまえもたまには断ったらどうなんだ？」

「……って言っても嫌じゃねーしな。稼げばそれだけ早く年季も明けるんだし、ま、いーんじゃやね？」

とはいうものの、綺蝶はそういう性格なのか、稼いだぶん自分の部屋づきの禿たちや遣り手などに大盤振る舞いしてしまうことも多く、稼ぎの割りには借金が減っているとも思えないのだった。

「ま、この調子で来月もお職は俺のもんかな」

そう言って、綺蝶がわざとらしくにっこり笑うと、蜻蛉はかちんと来たようだった。

「この尻軽。気が知れない」

と、吐き捨てる。

「お姫様はエッチ好きじゃねーの？　もしかして不感症？」

「誰がだよ……！」

綺蝶は意地の悪い笑みを崩さない。

「よかったらおまえも指導してやろっか？　処女っぽいお姫様が好きってのもいるだろうけど、いつまでもテクなしマグロじゃ飽きられるぜ」

「俺にテクがないなんて、どうしておまえにわかる⁉」

客は一度敵娼《あいかた》を決めたら替えることはゆるされないので、二人が同じ客を共有したことはないはずだ。勿論《もちろん》寝たこともないのだろうから、知るはずのないことではあった。

「テクだって。お姫様がそんな下品なセリフ吐いていーの？」

綺蝶は揶揄《からか》うように笑った。そして立ち上がり、ゆっくりと窓の傍まで近づくと、窓枠に肘を乗せ、彼の綺麗な顔をわざわざ下から覗き込んだ。

「だったら一回ぐらい試してみたいね」

「な……っ」

蜻蛉が一瞬、絶句する。綺蝶と寝る……ということを想像でもしてしまったのか、白い頬がかっと赤く染まった。

それを見て、綺蝶はにこりと笑みを浮かべた。

「3Pしたいって言ってる客がいるんだけどさ。俺とおまえと並べて。花代はたっぷりはずむってんだけど、やってみね？」

「だっ……誰が‼」

蜻蛉は怒鳴《どな》りつけ、綺蝶の肘が乗っているにもかかわらず、というかわざと、思いきり窓を閉めて去っていった。

「っつー……からだが資本だって言ってんのに」

綺蝶は挟まれた肘をさすりながら、それでも親指を立てて勝利宣言をする。

(七勝二敗、かな)

自分がここへ来てから……と、蕗苳は頭の中で指を折る。たいていの場合は綺蝶のほうが勝っているようだった。蜻蛉も、どうせ負けるんならちょっかいを出さなければいいのに、と思うのだが、どうにも無視できないのであるらしかった。

「――ったく」

わざわざまた窓を開けて、蜻蛉の後ろ姿を見送りながら、綺蝶は言った。

「あれだから酷《ひど》い目にあうんだよなあ」

「え?」

聞き咎《とが》めると、綺蝶は笑った。

「あいつ、陵辱したくなんねー?」

蕗苳が答えに詰まると、冗談だよ、と笑う。

でもそんなことを言う綺蝶は、妙に男っぽく見えた。

そんなふうに蕗苳は、ほとんど自らの境遇など忘れたように昼のあいだを過ごしていた。どこまで本気でやっているのか、勉強会などは、友達と猥談でもしているみたいで楽しい。

けれど夜になれば違った。

廊下を通れば、障子の内側から聞くに堪えないほど淫らな喘《あえ》ぎ声が漏れてくる。それらは、昼間は普通に皆と騒いだり、笑ったりしている人たちの声なのだ。

耳を塞《ふさ》ぎたくてできず、聞こえないふりをする。

いずれは自分も……見ず知らずの好きでもない男に、あんなふうに金で抱かれるようになるのだ。そして嬌声《きょうせい》をあげる。

そう思うことは、蕗苳にはとても耐えがたかった。

（……旺一郎《おういちろう》に、抱いてもらえばよかったな）

と、蕗苳は今でもときどき思う。

どうせ売春させられることになるのなら、一度だけでも旺一郎に抱かれておけばよかった。

あのときは、自分から誘うなんてとてもできなかったけど。

その夜は、綺蝶に初会《しょかい》の客があった。

客が初めて登楼するのを初会といい、二回目を裏という。裏を返す、という言葉はこれが語源だと、蕗苳は花降楼に来て初めて知った。

最初の二回はセックスすることはできず、三回通ってようやく馴染みとなり、傾城を抱くことができる。

何もかも本当にいちいち手間と金のかかる廓のしきたりだった。それを粋と思って楽しめる経済的・時間的余裕と酔狂さとを持ちあわせていなければ、とても来られる場所ではない。

そんな酔狂な男たちがかなりの数いることが、蕗苳は今でもまだ不思議でならなかった。

(あ……でも)

この廓で身売りをしているのがもし旺一郎だったら、蕗苳もあるだけの金を持って――

いや、なければ何をしてでもつくって、買いにくるかもしれない。

そういう意味では、花降楼で売っているのはただの色ではなく、疑似恋なのだ。

今日の新しい客は警察キャリアで、評判の綺蝶をぜひにと希望していた。

かかる花代が莫大であるだけに、客の職業もある程度限られる。

多いのは会社経営、政治家、芸能・業界関係、医者などだが、警官というのはめずらしかった。普通なら、キャリア組とはいえ公務員の稼ぎではなかなか来られる場所ではないからだ。

（家が金持ちなのかな……）

と、蕗苳は思う。

（それとも賄賂、とか）

捕まえられたくない大物政治家だの暴力団だのに伝手《つて》があるのかもしれない。蕗苳の家に取り立てにきていたやくざたちも、警察と癒着《ゆちゃく》していた。

そんなことを思い出すからか、今日のお客はあまり蕗苳には印象がよくない。けれど勿論口には出さなかった。

花降楼では一見《いちげん》の客は登楼《あが》らせないきまりなので、初めてのときは必ず誰かの紹介ということになる。

今回の客を紹介したのは、最近一本立ちしたばかりの色子、白百合《しらゆり》の馴染みで、山藤《やまふじ》という、やはり警察キャリアだった。

この二人の客と、綺蝶と白百合、そして新造と禿で宵《よい》の口から宴を張った。

白百合は少し前まで綺蝶の部屋付きだった色子で、みな気心は知れている。宴は賑やかなものになった。

蕗苳もまた禿として宴の隅にいた。客に酌をしたり話し相手をするのは主に敵娼や新造の役目だから、禿の仕事は空の皿を引いたり煙草《たばこ》を頼まれたりなど、こまごまとした用事をすることだった。

新しい客は老年だが、山藤はまだ若い。二十七、八といったところだろうか。やわらかそうな茶色の髪、茶色の目。やや神経質そうだが、美男と言ってもいい顔立ちだった。

(背は……旺一郎と一緒ぐらいかな)

と、ふと思う。

(……でも、なんか雰囲気《ふんいき》は凄く違う感じだけど)

どこかまるで違う……そう、目だろうか。

一見怖そうに見えるがよく見るととても澄んだ旺一郎の瞳と違って、山藤の目はずっと冷たく意地悪そうに思える。

若い客が来るたび、旺一郎と比べるのを、蕗苳はやめることができずにいた。何かと言えば旺一郎のことを思い出してしまう。

バカみたいだ、と自分でも思う。

あとしばらくしたら、誰彼かまわず男の相手をする身になるのに。

きっともう旺一郎のほうは、裏切った蕗苳のことなどすっかり忘れて、新しい生活に踏み出しているに違いないのに。

「蛍《ほたる》、……ほたる」

新造に呼びかけられて、蕗苳ははっと我に返った。

気がつくと、銚子がどれも空だった。

「すみません」

慌てて立ち上がる。人に世話をされることはあっても、自分が他人の面倒を見たことがない育ちのせいか、どうにも気が利かないところがある蕗苳だった。

やがて夜半になると、宴はお開きになり、客はそれぞれの敵娼と床入りをする。

蕗苳は人気のなくなった座敷の片づけをした。

真夜中に、喘ぎ声ばかりが漏れ聞こえる部屋に一人でいるのは、なんとなく薄気味が悪かった。

――ほら、あっちのほうに潰れた廓があるだろう……

そんな昼間聞いた話を思い出してしまう。仲の町の突き当たり奥に、廃墟になって誰も寄りつかない、崩れかけた昔の廓の建物があった。

――出るんだってさ。昔、廓の梁《はり》で首を吊って死んだ女郎の幽霊が……

ぞくっとして、片づける手を早める。さっさと終えて、みんなのいる部屋へ帰りたかった。

皿や銚子を盆に載せて、何度か運び出す。

そしてようやく粗方片づきかけたときだった。部屋の隅にうち捨てられている本を、蕗苳はふと見つけた。旅行ガイド誌だ。先刻の客の忘れものだろうか。

吉原では娼妓は籠の鳥も同じで、大門より外へ出ることはできないから、綺麗な表紙の写真だけでも心惹《ひ》かれた。今まで震えていたのも忘れて、つい蕗苳は手を伸ばした。しゃがみこみ、ページを捲ってみる。

（昔はこういう本に、長妻《ながつま》だってしょっちゅう載ってたもんだったんだけどな……）

そういう状態ではなくなって久しい。それでももしかして一行ぐらい、と思い、探してみずにはいられなかった。

今、実家はどうなっているのだろう？　父はどうしているんだろう。蕗苳の身売りで、旅館は少しは持ち直したのだろうか。

携帯電話を持つことも、見世の電話で外にかけることも禁止だから、その後の実家のことを、蕗苳は何も知らなかった。一人前の色子になれば、こっそり客の携帯を借りて外に電話することもできなくはないのだろうが。

小さくため息をつく。

そのときふいに、背中に人の気配を感じて、蕗苳は心臓が止まるような思いをした。幽霊のわけはないと思いながら、なかなか振り向くことができなかった。それでもようやく決心して後ろを見る。

山藤だった。

幽霊などいないのは当然なのに、蕗苳はほっと胸を撫《な》で下ろす。

開けたままの障子にもたれてゆらりと立つ山藤の姿は、なんとなく艶めかしかった。今の今まで白百合を抱いていたのだと、どうしても思ってしまうからだろうか。

「あ……すみません。これですよね」

蕗苳は勝手に忘れ物の雑誌を見ていたことを詫《わ》びた。これを忘れたことに気づいて、とりに来たのだろうと思ったのだ。

「ああ、いいんですよ。それは。ちょっと喉が渇いて、水をもらいに来ただけなんです。白百合はよく眠っていたので、起こすのが可哀想でね」

その言葉に、けっこうやさしい人なのか、と蕗苳は思った。なんとなく冷たそうだなんて勝手に思っていたことを、少し反省する。けれど何か凄く違和感があるのはどうしてだろう？

「じゃ、俺、持ってきます……」

「ずいぶん熱心に読んでいましたね」

蕗苳が言うのを、彼はまるで聞いていないかのように遮《さえぎ》った。

「どこか行ってみたい街でも載っていましたか？」

「あ……いえ。ただ……俺……私の実家が、旅館をやっていたので……」

「そう、旅館を」

うっかり初対面の、しかも他の妓の客《こ》に身の上のことを話してしまい、失敗したかなと思う。彼の視線にどことなく淫らなものを感じるのも不安で、二人きりでいるのが急に怖くなる。

「すみません、お水、持ってきますね」

そう言って蕗苳は立ち上がり、水をとりに出て行こうとした。

その手を、山藤がいきなり掴んできた。蕗苳はびくりと身を固くした。

「私のことを見ていたでしょう?」

「え……!?」

「宴のあいだ、ちらちら私のほうを見ていたでしょう」

言われて、ようやく思い至る。彼の姿を見て、旺一郎と比べていたことに。背の高さが近かったから、つい重ねていたかもしれない。そんな失礼なことをしているから、こんな目にあってしまうのだと、蕗苳は後悔した。

慣れた妓なら、この程度のことはどうとでもかわせるのだろう。けれど蕗苳にはとてもできなかった。

「私が気になりますか?」

「いいえ……!!」

反射的に答えるけれど、山藤は聞いていない。

「細い手首ですね」

言いながら、袖を捲りあげ、二の腕のほうまで撫で上げてくる。蕗苳は反射的に振りほどこうとするが、できなかった。

「は……放してください……!」

「手も脚も小さくて、首も……きゅっと絞めたら折れそうだ。顔も幼くて……私の好みそのものです」

「放してください……!! 人を呼びますよ!!」

蕗苳は叫んだ。

「冗談ですよ」

と、山藤は口許に笑みを浮かべた。

「私には白百合がいるんだから、他の妓には手は出せない……廓のルールでしょう」

ようやく彼の手が離れる。摑まれていたところは、赤く跡になっていた。蕗苳は自分の手首を握り締めた。

「それはあげますよ。私のではないが、持ち主にはあとで買って返しておきましょう。……見つかったら取り上げられるのでしょう? 早く仕舞ったほうがいい」

山藤はそう言って、座敷を出て行った。

残された蕗苳は、ぞっと嫌悪感に震えた。座敷を飛び出し、手洗い場の水道を思いきり出してごしごしと手首を擦る。白百合の客でありながら、何故《なぜ》こんなことをするのかわからなかった。

山藤だから嫌なのか、他の誰でも嫌なのかはわからない。けれどこんなことは、これからしょっちゅうある。もっと慣れて、上手《うま》くあしらえるようにならなければならない。

そして十八になって正式に色子になれば、この程度では済まなくなるのだ。誰彼かまわず身体中をくまなくさわられ、舐められ、もっといろいろなことをさせられるようになる。

わかってはいたことだが、そんなことに堪えなければならないのかと思うと、目の前が暗く霞《かす》んでしまうのを、蕗苳は感じた。

【3】

「ゲイ春かぁ……」

玄関に張られた「迎春」の書き初めを見あげて、蕗苳《ふき》は呟《つぶや》いた。

蕗苳が花降楼《はなふりろう》へ来て、二度目の正月だった。

去年のうちに、蕗苳は新造《しんぞう》出しを済ませて、いよいよ水揚げを待つ身となっていた。お仕着せの着物も桜色の木綿から、紅い絹のひらひらした振袖に変わった。

次の誕生日が来る頃には、楼主が適当な相手を決めてしまうだろう。勿論《もちろん》、蕗苳の意志などは関係なしで。

「ま、慣れてみればそんなに悪いもんでもないって」

と、綺蝶《きちよう》は言う。

「エッチなんてみんなやってることなんだし、いちいち達《い》ってたら身がもたねーけど、けっこう悦《よ》くしてくれるお客もいるしさ。やな客もいるけどな――」

そういうものなのかもしれない、と蕗苳は思おうとする。嫌だと言ってもどうせ逃げられはしないのだ。

それからしばらくして、蕗苳は楼主の許へ呼び出された。

初めて廓《くるわ》へ上がった日と同じ、紅い壁の部屋。ここへ来るのは、あれ以来だった。あの日、からだの隅々までくまなく調べられたときのことを思い出し、立っているだけでも脚が竦《すく》んだ。

「少し早いですが、おまえの水揚げのお相手が決まりました」

と、楼主は言った。

予測がついていた話とはいえ、蕗苳の心臓は、鷲掴みにされたように締めつけられた。

「時期は、花見の宴が終わったころ。お相手は、山藤《やまふじ》様です」

その言葉を聞いた途端、さっと血が下がるのを蕗苳は感じた。けれどその顔色に気づいたのかどうか、楼主は続ける。

「去年のうちに、白百合《しらゆり》が他の方に身請けされてしまいましたからね。次の敵娼《あいかた》におまえをとご所望なのです。よかったですね。山藤様は金惜しみをしない方です。馴染みになって末永く可愛がっていただけるよう務めなさい」

「あの、でも……！」

「なんです？」

じろりと睨《にら》まれて怯《ひる》みながら、蕗苳はどうにか勇気を振り絞った。着物の膝のあたりをぎゅっと握り締める。

「……ほ……他の人じゃ……だめですか……？」

「他の方？　どうしてです？」

「……あの……」

楼主を説得できるほどの上手《うま》い説明など、とてもできなかった。

山藤は、廓に来る客の中ではかなり上客のほうだ。金払いがいいのは勿論、若く美男でもある。何がそんなに嫌なのか、自分でもよくわからないのだ。ただ本能的に、何かが嫌で。

山藤が登楼《あが》ったときは、白百合が酷《ひど》く消耗して見えたからかもしれない。それとも、部屋から漏《も》れ聞こえる声が、あまりにも淫ら過ぎて思えたからだろうか。――自分も白百合のような声をあげるようになるのが、たまらなく嫌だからなのだろうか。

「確かに、おまえには他の方からのお申し出もありました」

黙り込んで言葉を探す蕗苳に、楼主は言った。

「だったら……！」

「けれど誰よりも大金を積んでくださったのは、山藤様です。しかもあの方は警察の人間……。売春防止法が廃止になり、遊廓《ゆうかく》が合法化したとはいっても、こういう商売は叩けば何かしら出てくるものです。無論こちらにもそれなりの後ろ盾はありますが、警察とよけいな面倒は起こしたくありません」

「でも……っ」

「いずれにせよ、おまえの水揚げのことを決めるのは私であって、おまえではない」

ぴしゃりと言われ、蕗苳は口を噤《つぐ》んだ。

「わかったら、下がりなさい」

もう、どうにもならない。

蕗苳は逃げるように辞去するしかなかった。


それからしばらくのあいだ、毎年桜の季節に開かれる花の宴の準備で、廓の中は浮ついたお祭り気分に満ちていた。

当日は、花降楼の広い庭に主だった上客をすべて招《よ》び、傾城《けいせい》から禿《かむろ》から総出で花見をするのだ。

客をもてなさねばならないのは普段と変わらないが、それでも無礼講ではあり、その日は床入りはしなくてよいうえに花代ははずんでもらえるとなれば、変化の乏しい日々を送る色子たちにとっては、やはり楽しみな娯楽ではあった。

廓中が浮き立つ中、けれど蕗苳はとても浮かれる気分にはなれなかった。

(花の宴なんてずっと来なければいいのに)

そうしたら、水揚げの日もずっと来ないで済む。

けれどそんな希《のぞ》みが叶えられるわけもなく、宴の日はついにやってきてしまう。

(……あの枝は、首を吊るのにいいかも)

降りかかる小さな花びらの下で桜を見上げながら、蕗苳は思う。自虐的な冗談のつもりだったが、思いついてみるとそれもいい気がしてくる。もしそうしたら、花降楼にも幽霊の噂が立つだろうか？　それでも、あそこに自ら吊り下がるほどの勇気は、なかなか出てこないのだけれど。

「……どうして私なんですか？」

と、蕗苳は山藤に聞いてみた。蕗苳は緋色の振袖に胸高の帯を前結びにし、伸びてきた髪を後ろで結わえた姿をしている。そして桜の下に設けられた鮮やかな緋毛氈《ひもうせん》の床机で、彼に杯を勧めていた。

舞台では、琴の連弾が披露されている。

「いくら白百合さんが請け出されたと言っても、他に綺麗な妓がいくらでもいるでしょう」

「あなたが気に入っているからですよ」

と、山藤は言った。

「白百合が請け出されてしまったから代わりを探していたわけではありません。タイミングがよかったのは事実ですが、そうでなくとも水揚げはぜひ私がと思っていたのですよ。前に言ったでしょう――あなたは私の理想にぴったりだと」

「――……俺なんか」

言いかけると、ふいに腕を摑まれた。

「や……!!」

手にしていた徳利《とっくり》が、ころころと白砂に転がる。蕗苳はそのまま彼の膝の上に抱きあげられていた。

「ほら、こうして抱いても羽のように軽い」

「放してください……！」

「逃げてどうするんです？　もう何日もしないで、私のものになるからだなのに」

「……っ……」

確かに、山藤の言うとおりだった。もうどうせ、彼から逃れることはできないのだ。今でも。

この手を放してもらったからといって、何になるだろう。

「下ろしてください……！　こんな席で、こんなこと誰も」

「無礼講なんでしょう」

「でも……！」

「見苦しいですね」

そのときふいに、すぐ後ろから男の声が降ってきた。

「せっかくの桜が台なしだ」

（え……？）

その響きに、蕗苳は耳を疑った。

（旺一郎《おういちろう》……？）

彼の声に聞こえたのだ。

まさか、と思う。彼のことばっかり考えてるから、誰の声でもそう聞こえてしまうのだ。だってこんなところに旺一郎がいるなんて、あるはずがないのに。

ありえない、と思いながら、どうしても期待してしまう。もし、彼がここにいるなら。

蕗苳は恐る恐る顔を上げてそして、息が止まるかと思った。

（旺一郎……!!）

どうして、旺一郎がこんなところに現れるのだろう。

（どうして――どうして？）

旺一郎は桜を背に、床机の後ろに立っていた。

黒に近いグレーの三つ揃いを着て、上着は手に持っている。肌の色が少し濃くなって、ほんの二年のあいだにぐっと大人の男になった感じがした。前にも増して惚《ほ》れ惚《ぼ》れするような姿だった。瞳は昔より更に鋭さを増し、髪が少し伸びたと思う。その髪がさらりと風に靡《なび》く。

(旺一郎……)

涙が瞳に溜まって、こぼれ落ちそうになる。

「放してやったらどうです?」

旺一郎のその言葉で、蕗苳はやっと我に返った。

自分の今の姿を思い出し、はっと山藤の膝から飛び降りた。他人が来たためか、山藤は今度はあっさりと放してくれた。

山藤は振り向き、旺一郎をみとめると、ゆっくりと立ち上がった。そして自己紹介を求める口調で言う。

「失礼ですが……?」

「伊神《いかみ》といいます。金融関係の仕事をしています」

旺一郎は名刺を差し出す。山藤はそれを受け取って眺めた。

「ああ……あなたがあの、悪名高い……」

(悪名?)

その言葉に、蕗苳は眉を寄せた。旺一郎が、何の悪名を馳《は》せているというのだろう。それ以前に、旺一郎は金融の仕事をしていると言った。――だとしたら、大学は？　大学に通っているんじゃなかったのか？

蕗苳は疑問を抱え、旺一郎を見つめる。

「私は山藤といいます。――お知り合いですか？」

山藤は、旺一郎に名刺を渡し、彼と蕗苳とを順に見た。

「え……ええ」

旺一郎から目を離せないまま、蕗苳は答える。

山藤はわざとらしいほどのため息をついた。

「いいでしょう。席を外してあげましょう。……何も焦ることはないのですからね」

どうせあと数日もすれば、水揚げなのだから。

さっと青ざめる蕗苳を残し、失礼、と軽く会釈《えしゃく》をして、山藤はその場からゆっくりと去っていった。

桜のもとに、旺一郎と蕗苳だけが残される。

蕗苳は旺一郎を見つめて立ち尽くしていた。懐かしくて、すぐにでも駆け寄りたかったけれど、できなかった。蕗苳を見る旺一郎の目が、ひどく冷たかったからだ。そんなふうに見つめられると、蕗苳は廓のお仕着せを着た自分の姿が、たまらなく恥ずかしくなった。

「あの……」

今にも立ち去ってしまいかねない旺一郎を引き止めるように、蕗苳は口を開いた。

そうしながら、あのころと同じだな、と切なくなる。昔から蕗苳は、旺一郎を引き止めようと、いつも必死だったのだ。

「……どうしてここに……？」

会いに来た、と嘘でもいいから言ってくれたら。

けれど旺一郎の答えは、そんなものではなかったのだ。

「……。別におまえを買いに来たわけじゃない」

彼の言葉は明らかに昔、蕗苳が、買いに来て、と言ったことへの皮肉だった。ずきりと蕗苳の胸は痛んだ。

蕗苳はずっと旺一郎に会いたくてたまらなかったのに、彼はそうではなかったのだ。せっかく駆け落ちに連れ出してやったのに裏切った蕗苳のことを、まだゆるしてはいないのだ。

(当たり前か)

別れ際に、あんなひどいことを言ったんだから。

「……接待で……連れてこられたらここだった。それだけだ」

「接待って」

どうしようもなく込み上げてくる苦しさを飲み込んで、蕗芩は言った。

「……さっきも言ってたけど、金融の仕事してるってどういうことなんだよ……？　大学は？　悪名っていったい」

「おまえに関係ないだろう？」

その言葉は、蕗芩の胸を深く抉《えぐ》った。言葉が喉につかえて出てこなくなった。――関係ない。確かにそのとおりだったけど。

黙り込む蕗芩に、旺一郎は更に追い打ちをかけるように続けた。

「――淫乱」

「え……!?」

あからさまなその罵《ののし》りに、蕗芩は絶句した。旺一郎がそんな言葉を吐くなんて、想像もできなかったのだ。

「ど……どういう意味だよ、それ……!?」

「人前で男の膝に乗るような真似《まね》をして、それ以外の何だっていうんだ？」

「ちが……あれは無理矢理……っ」

山藤に無理矢理膝に乗せられたのだ。放してくれと言っても聞いてくれなかった。見ていたのなら、旺一郎にもわかっているだろうに。

「逃げようと思えばできた」

けれどそう言われると、反論することができなかった。大声で叫んで暴れれば、確かに逃げられたかもしれなかった。でも騒ぎにしたくなかった。穏便に膝から下ろしてもらおうとしたのだ。

旺一郎は、更に追い打ちをかけてくる。

「さすが進んで娼婦になっただけのことはある。ああやって、誰にでも媚《こ》びたり甘えたりするんだな」

「違う……!!」

旺一郎の蔑《さげす》むような目に、心まで凍りつきそうになりながら、蕗苳は叫んだ。

「嘘をつけ」

冷ややかに、旺一郎は言った。

「本当は二年前のあのときも俺一人じゃ不満で、いろんな男とやりたくて逃げ出したんじゃないのかよ」

「……っ」

気がついたら手が出ていた。

思いきり振り上げた手で、旺一郎の頬を叩く。その途端、ずっと堪えていた涙が、ぼろぼろと零《こぼ》れた。

「あの人は、俺を水揚げする人だから……!!」

誰にでもああいう真似をする淫乱と思われるより、山藤だから特別あつかいしていたのだと思われるほうが、まだましな気がした。

蕗苳は顔を隠すようにうつむいて、走り出した。

ずっとずっと旺一郎に会いたかった。けれどいざ会ってみれば、向けられたのは冷たい蔑みの目と、意地悪な言葉だけだった。

(旺一郎は俺を憎んでる。蔑んで、嫌ってる)

そう思うことは、蕗苳を絶望の淵《ふち》に叩き落とす。――それでも、二度と会えないよりは、会えてよかったと思うけど。


旺一郎は、接待につれてこられただけだと言った。

だからもう来てくれることはないだろうと思ったのに、それから何日も開けずに、蕗苳は彼と思いもよらない再会を果たすことになった。

綺蝶の初会《しょかい》について座敷へ行けば、そこにいた客が旺一郎だったのだ。

立ち尽くしたまま、蕗苳は障子の傍で動けなくなった。

綺蝶の初会ということは、旺一郎は綺蝶を揚げ、綺蝶の客になるということだ。いずれ

綺蝶を抱くということなのだ。

もう会えないと思いながら、もしかしたらあの科白《せりふ》のとおりに自分を買いにきてくれるかもしれないと、微《かす》かに希望も抱いていた。けれど旺一郎は、ここへ来ていながら、蕗苳ではなく別の色子を買おうとする。

（人でなし……！）

花梨《かりん》に背中を押され、席に着かされてからも、とても口をきく気にはなれなかった。彼の顔を見る気にも、酌《しゃく》をする気にもなれず、ただじっと隣に座っているだけでも蕗苳には精一杯だった。

初会では、傾城は喋らず、笑顔も見せない。そのしきたりのとおり、綺蝶は取り澄まして上座にいる。いつものように芸者は呼んだが、酒宴は盛りあがらなかった。

手水《ちょうず》に立つ旺一郎を送るよう花梨に促され、蕗苳は嫌々ながら立ち上がった。

中庭に面した回り廊下の隅で、用を済ませた旺一郎の手に、石盥《いしだらい》から柄杓《ひしゃく》で水をかけてやる。そのあいだも蕗苳は黙っていた。口をきかなかったというより、きけなかった。

「……気に入らないのか」

痺《しび》れを切らしたように、旺一郎のほうが口を開いた。

蕗苳は思わず息をつめた。声を聞いただけで心が震える。そんなようすに気づいたのかどうか、旺一郎は続ける。

「今さら嫉妬か？」

「……っ……」

蕗苳は顔をあげた。確かにそのとおりだった。だけどこんなふうに意地悪く揶揄《やゆ》される理由はないと思う。

「どうして……っ、どうしてここへ来るんだよ!?　男を買いたければ、余所《よそ》へ行けばいいだろ……!!　わざわざ何で……っ」

何故《なぜ》蕗苳の目の前で、他の男を抱こうとするのかわからなかった。それほどまでに憎いのだろうか？

旺一郎はふいに、蕗苳へ手を伸ばしてきた。脇の下へ手を差し入れ、掬《すく》いとるように蕗苳を抱き締める。

「な……」

そのままキスされた。

旺一郎は、逃げる蕗苳のからだを折れるほど抱いて、深く唇を重ねた。舌を絡めとり、吸い上げる。

蕗苳は押しのけようとしたけれども、手に力が入らなかった。そしてそれ以上に、旺一郎の腕が強くて。

頭の芯が甘く痺れたようで、何も考えられなくなる。

唇が離れたのも、すぐにはわからないほどだった。

すぐ傍で覗き込む旺一郎の瞳に気づいて、はっとからだを離す。

「な——何考えて……っ」

言葉が出てこない。

そんな蕗苳を見て、旺一郎がわずかに笑った気がした。

「この……っ」

かっとして、蕗苳は手にしたままだった柄杓で石盥から水を掬い、思いきり旺一郎にかけた。一度では納まらず、何度も繰り返す。

旺一郎は腕で頭をかばいながらも笑っていた。

ほんの束の間——昔にかえったような気がした。一瞬だけ、何もかも忘れたように楽しかった。

けれどそれでも、床入りは行われる。

夜が更けると、襖《ふすま》を閉ざし、旺一郎は綺蝶の部屋へ消えていった。

その後ろ姿が、瞼に纏《まと》わりついていつまでも離れなかった。

初会は床入りとはいっても形式上のもので、行為自体はなされない。けれどこうなってしまったからには、もう時間の問題だった。

こんなことになるのなら、再会なんてしなければよかったと思う。どこか遠くで旺一郎が誰かを抱いても、知らないままでいられたほうがよかった。

だけどそれでも、桜の下で会えたあの瞬間は、とても嬉しかったのだ。

蕗苳は大部屋の隅で布団《ふとん》を被り、零れてくる嗚咽《おえつ》を殺した。

＊

旺一郎は上着を脱ぎ、畳に延べられた床へ近づいた。

「いーのかなぁ？」

綺蝶はちらりと彼に視線を向け、そう言った。

紅い絹の長襦袢《ながじゅばん》一枚になり、褥に頬杖をついて寝そべっている。大きく抜いた衿から覗く白い肌が艶めかしい。

「……初会じゃ口もきかない『しきたり』じゃなかったのか」

「二人とも黙ってりゃ、わかんねーよ」

しきたりの上では、初会では儀式としてほんの二、三分同衾《どうきん》すれば去ってしまうはずの傾城だった。

旺一郎は、そこをなんとか摑まえて話をするつもりだったのだ。相手のほうから口をきいてくれれば願ってもなかった。

旺一郎は寝床の傍に腰を下ろした。

「お客さん、蛍《ほたる》の知り合い？」

蛍、というのは、蕗苳の源氏名だと聞いていた。

「……どうして」

「今日のようすを見てりゃ、わかるって。どう見たって普通じゃなかった。それに、このあいだの花の宴のときにも目撃しちゃったしね――お客さんが、蛍と山藤さんのこと、じーっと睨んでんの」

「……」

あれを見られていたのかと思うとばつが悪く、頭を抱えてしまう。

降りしきる桜の下に座る蕗苳を見つけて、思わず見惚《みと》れた。二年ぶりに見る姿だった。前より憂いを深め、伏し目がちになったと思う。しっとりと大人びて、後ろで束ねた黒髪に紅い振袖が映えていた。

廓のお仕着せに大きく衿を抜いて着付けた淫らな姿を、綺麗だと思った。このままこの腕に摑み取りたいと思った。

そしてそう思ってしまった自分が嫌だった。

——逃げて、どうして暮らしていくんだよ？

二年前に別れたとき、蕗苳はそう言った。

——貧乏なんてしたことないし、身売りしたほうがマシだっての。たいしたことじゃないじゃん。セックスなんて、誰でもやってることなんだし、そのうち金持ちが身請けしてくれるかもしれないしさ
あのとき。

旺一郎は、蕗苳を他の男にふれさせたくなかった。勿論、蕗苳自身を苦界から救いたいという気持ちもあった。だからプライドを折り、頭を下げてまで連れて逃げた。

その結果があれだ。

——おまえも悔しかったら、大学出て金持ちになってみろよ。百年早いんだよ、俺を攫《さら》って逃げようなんて……！

蕗苳の捨て科白を、旺一郎は今でも覚えていた。

「蛍と恋人同士だったわけ？」

「……まさか」

「へーえ」

くす、と綺蝶は笑った。

「でもあの妓、今ごろ泣いてんじゃねえ？　俺とこーゆーことになって……」

綺蝶は身を起こし、下から覗き込んでくる。

そうだろうか。蕗苳は今頃泣いているだろうか。彼と綺蝶のことを嫉妬して？

そう思うことは、彼に昏《くら》い悦《よろこ》びをもたらす。

「俺はさぁ……これでもけっこう蛍が可愛いんだよね。何しろ、禿のころから面倒見てきた弟分なんでね。……とはいえ」

綺蝶は意地悪く睨《ね》めあげてきた。

「……あんたたちの鞘当ての、だしに使われるのなんか真っ平なんだけど？」

*

いくら来ないでくれたらと希んでも、水揚げの日はやってくる。

その日蕗苳は、昼間のうちから風呂に入れられ、三人がかりで隅々まで磨《みが》き上げられた。紅い長襦袢の上に振袖を着せられ、髪を纏められて、支度を調えられる。

これでもう今日から蕗苳は綺蝶の部屋づきではなくなり、一人前に客をとらなければならない身になるのだ。

蕗苳の部屋としてあたえられた二階の一室で、設えられた寝床に座る、山藤を待つ。

みんなしていることなんだから、大丈夫、と自分に言い聞かせた。

ここへ来て二年にもなれば男同士のセックスについての知恵もついている。恐怖心も嫌悪感も、消えるものではなかったけれども、きちんと手順を踏めばそれほど辛いものでもないらしいこともわかっていた。

きっと旺一郎が相手だったら、こんなふうに思うことはなかっただろう。けれどその、当の旺一郎は、蕗苳ではない別の人を抱く。

(だったら俺だって)

逃げようともせず、こうしてここにいるのは、そんな対抗する思いがどこかにあったからなのかもしれない。


「やわらかい頬ですね……」

そう言って山藤は蕗苳の顔に手を伸ばしてきた。親指で頬を撫《な》で、てのひらを首へすべらせる。

「きゅっと締めたらひとたまりもなさそうだ」

「……っ」

本当に締められるのではないかと、蕗苳は思わず身を固く縮める。山藤は嬉しそうに小さく笑った。

てのひらはさらに、肩から腕へと撫でていく。

「手足もからだも……まだ十分に細くて可愛らしい。できることなら、禿のころに抱いてみたかった。主人がどうしてもゆるさないので果たせませんでしたが……」

「……」

「強ばっていますね。私では不満ですか？」

嫌だ、と言いたくても言えるわけもなく、蕗苳はうつむいたままじっと褥《しとね》を見つめる。

山藤はふいに言いだした。

「桜の下で会った……あの男のことですか」

蕗苳は思わず顔を上げた。山藤は唇で笑った。

「あの男は悪い男ですよ」

「……悪い……？」

そんなことを、山藤は花の宴のときも言っていた。

——ああ……あなたがあの、悪名高い……

「最初は株で荒稼ぎして……とはいっても、今どきたいした資金もなしに、株で大儲けなどなかなかできることではありません。関係者を恐喝《きょうかつ》し、情報を流させたうえでのインサイダーじゃないかと専《もっぱ》らの噂です。……それから、その金を元手に闇金をはじめて……その他にも金になることなら何でもやっているようですね。逮捕歴もある」

「逮捕⁉」

それは、蕗苳には酷い衝撃だった。あの旺一郎が逮捕されるなんて、とても信じられなかった。

「証拠不十分で釈放されましたがね。いろいろな伝手《つて》を持っているようで、なかなか尻尾を摑ませないのですよ。警察でも……ずっと狙っているのですが」

蕗苳はその言葉にはっとする。

警察は――この男は、旺一郎を狙っている。捕まえて刑務所に入れようとしている。もしそんなことになったら。

「……無粋な話でしたね。こんな夜に」

やめましょう、と山藤は言った。蕗苳はもっと聞きたくて口を開きかけたけれども、何と言ったらいいのかわからなかった。

「褥に横になりなさい」

「はい……」

お客様に言われるまま、すべて言うとおりにするようにと言われていた。山藤が話をやめてしまえば、蕗苳にはどうすることもできなかった。

寝床にそっと横たわる。頭の中で渦を巻く、今聞いたばかりの旺一郎の話を追い払おうとする。――ああ、でも、旺一郎の父親は元やくざ者だったとしても、旺一郎自身は悪いことの似合うような男ではなかったのに。頭が良くて、学校きっての秀才で、いい大学にだって受かったのだ。――それが、逮捕？　どうして……！

本当にそんなことになっているのだとしたら、あのとき旺一郎の将来を考えて駆け落ちをやめた自分の思いは、いったい何だったのだろう。

「膝を立てて」

と、山藤は命じてくる。

そろそろと蕗苳は膝を立てた。わずかに着物の前が割れるのが恥ずかしかった。普段から、着物の下には下着をつけさせてもらってはいないのだ。山藤からは、どこまで見えているのだろう。

「もっと脚を開いて。……もっと」

羞恥と嫌悪感に堪えて、蕗苳はできるだけ大きく脚を開いた。けれど山藤はそれだけでは飽きたらず、追い打ちをかけてくるのだ。

「自分で捲ってごらんなさい」

「……っ」

これからすることを思えば、こんなことで躊躇《ためら》っていてははじまらない。けれど手が動かなかった。自分で捲って、自分でさらけ出せというのだ、山藤は。

「……どうしました？」

それでも、蕗苳には断る権利はない。

蕗苳は顔を背けながら、襦袢の太腿のあたりを握り締め、そろそろと引き上げた。そのあいだを、山藤が蛇のような目で覗き込んでいるのがわかる。泣きたくなった。

旺一郎なら、こんな抱き方はしないと思う。――もしこれが旺一郎とだったら。

「可愛らしいですね」

と、山藤は言った。かあ、と蕗苳は顔が火照《ほて》るのを感じた。

「幼くて綺麗な色だ。そのほうがいい。……子供のままだったら、もっとよかったのですがね」

「……ッ」

そろりと撫でられ、蕗苳はぞっと鳥肌が立つのを感じた。

山藤はそこを覗き込んでいる。茎をやわやわと擦りながら、蕗苳の反応を見つめている。けれど嫌悪感に堪えるので精一杯で、感じるどころではなかった。

「感じませんか？」

山藤は聞いてくる。

「自分ではしてるんでしょう？　どんなふうにするんです？　してみせてくれませんか……？」

問いかけてくるあいだも、手を動かすのはやめない。

蕗苳はぎゅっと目を閉じて首を振った。そんなこと、冗談じゃなかった。

（……変態……!!）

胸の中で罵る。山藤に対する嫌悪感はますます募《つの》るばかりだった。

「してみせるのは嫌なんですね？」

当たり前のことだった。蕗苳が頷くと、わかりました、と山藤は言った。

「では……こっちはどうです」

「や……!!」

ふいに後ろにふれられ、蕗苳は悲鳴をあげた。

山藤は乾いたままの窄《すぼ》まりをぐりぐりと押してくる。

「処女ですか……？」

「痛……っ、やめ……」

「自分で言ってご覧なさい」

「……ッ!!」

そこに裂けるような痛みが走った。

「ほら……このままでは破瓜してしまいますよ」

答えなければわざと傷つけるという脅しなのだとわかった。

「言いなさい。処女なんでしょう？」

「……はい……」

「はっきりと、言葉にして」

「……処女、です……」

逆らえば、何をされるかわからないような恐ろしさで、蕗苳は口を開いた。

男なのだから、処女ということはありえない。けれど未通という意味ならそうなのだろう。こんなことを言わせて山藤は何が嬉しいのか、蕗苳にはわからなかった。

そのまままた、ぐい、と指を突き立ててくる。ほんの指先だけが中へ入ってきた。けれどただそれだけでも、凄い違和感と乾いた痛みがある。

「潤滑剤を使って欲しいですか」

「……ッ……」

「私はこのまま入れてもいいのですが？」

再び脅すように言われ、蕗苳はしかたなく答える。

「……使ってください……」

「何を？」

「……潤滑剤……」

「――まあいいでしょう。合格にはほど遠い言葉遣いですが、初めてですからね」

そう言ったかと思うと、彼は身を起こし、ようやく蕗芩の中から指を抜いてくれた。

けれど蕗芩にはほっとする暇もなかった。

からだをうつ伏せにされたかと思うと、両手を背中で縛られたのだ。最初からそのつもりで自分で持ち込んだのだろう、太くて目の粗い縄だった。それできりきりと縛り上げられ、蕗芩は呻《うめ》き声を漏《も》らした。

うつ伏せのまま、腰だけを掲げさせられる。

潤滑剤を使ってくれるのかと思ったが、山藤は備えつけのものは使わなかった。かわりに自分のライターを取り出す。それはただライターというだけではなく、底の部分が蓋になり、中に何か入れられるようになっているようだった。

山藤はそれを開け、中から薬包を取り出す。

「……何ですか、それ……」

「白百合が大好きだったものですよ。……私はね、男の子が女みたいに乱れる姿をじっくり観察するのが大好きなのですよ」

山藤は言いながら、白い粉を掬いとり、蕗芩の中へ指を挿し入れて塗りつける。

その途端、そこが火がついたように熱くなった。

「あ、あ――ッ‼　あぁぁぁ……っ」

声が抑えられない。

――ゆるして……

山藤が来たとき、いつも白百合の部屋から聞こえてきた淫らな喘ぎはこれだったのかと、霞《かす》みはじめた頭の隅で蕗芩は思った。

「あっ、あっ、あ……っ」

薬は中で溶け出し、ぬるぬるとしたぬめりに変わりはじめる。濡《ぬ》れた指で掻《か》き回され、声をあげ続けた。

「あ、あ、いや、あ、……っ」

「嫌ならやめましょうか……？」

「やだ、や……やめな……って、……！」

昼から勝手に言葉がすべりだしていた。中が疼《うず》いて、今やめられたら死んでしまうと思った。

ぐちゅぐちゅといういやらしい音が耳を打った。けれどそれさえも今は性感を煽《あお》るばかりのものだった。

「そんなに締めつけて……指ではもうこれ以上入りませんよ。……もっと奥まで欲しいですか」

「欲し……っ、もっと、奥、あ、あ、掻いて、掻き回して……！」

もう、誰に何をされているのかさえよくはわからなかった。自分のからだがどうなっているのかもよくわからない。達きたくてたまらなかった。自分で擦ってしまいたくて、手を解こうとする、でも背中で縛られた手はびくともしない。

「だめですよ。自慰をしてみせる気はないんでしょう？」

そう言って山藤は笑う。

先刻、蕗芩が拒否したことへの仕返しなのだろうか。

（酷い……）

けれどある程度まともな思考が結べたのは、そのあたりまでだった。

「あ……っかせて……っ」

涙がぼろぼろと零れた。

「イッていいですよ。こちらの刺激だけでね」

「あぁアっ……」

指を深く挿《い》れられ、掻き混ぜられる。蕗芩は背をしならせた。指が何本入っているのかさえわからなかった。何本かの指がばらばらに動いて、中をくつろげていく。

「は、あ……もっと……もっとして……っ奥、突いて……！」

口走る言葉の意味もわからずに、腰を振りたくった。

「欲しいですか……？　もっと太いのが」

「ん、ん……っ、もっと……太いの……っれて……っ」

「処女のくせに、淫乱ですね。太いモノをねだるなんて」

「あ……もう、あ」

「まだ私のは無理でしょう。この狭さだ。処女なら、もっとよく慣らさないと……」

「……っふ、……っ」

「慣らして欲しければ、いやらしい言葉でねだってご覧なさい」

「ねだ……る……？」

そんなことを言われても、思いつかなかった。言いたくもなかった。けれど頭はもう朦《もう》朧《ろう》として、感じ切ってイクことしか考えられなかった。

「なんと言ったらいいか……教えてあげましょう」

山藤は覆《おお》い被さるようにして蕗芩の耳許に唇を寄せ、淫らな言葉を吹き込んできた。

蕗芩はわずかに残った理性で首を振る。

「言えないのですか？　だったら……」

ずるりと指が引き抜かれる。

「や……！」

蕗芩は思わず悲鳴をあげた。中がいきなり空洞になったみたいで、疼いてたまらなかった。

「やだ、抜かな……いで……っ」

「じゃあ言ってご覧なさい」

もう一度、先刻と同じ言葉を山藤は吹き込んでくる。

蕗苳はもう何も考えることができずに、言われるまま口にした。

「……蛍の……初めてのお口に、ご主人様の大きい……を、くわえこめるように……してください」

「肝心のところが聞こえませんでしたね。――もう一度」

容赦《ようしゃ》なく繰り返させられる。蕗苳はその直接的な言葉を、今度こそはっきりと口にしなければならなかった。

山藤はごくりと唾を飲み込んだ。

「初めてにしてはよく言えましたよ。……では……いいものをあげましょうね」

冷やりとして硬いものが、熱く溶けた孔《あな》にあてがわれる。そしてそれがずっ……とからだの中に入ってきた。

「あ――っ……」

それがなんなのか、蕗苳にはわからなかった。指よりずっと太く、とっかかりがある。括《くび》れた部分が襞を擽《くすぐ》る。

「はしたなくくわえこんで……ココを出入りする姿を見るのが、私はたまらなく好きなんですよ。襞が……めくれて、中のピンク色の襞が」

「……っ、あ……」

「美味《おい》しそうに食《は》んでますよ……そんなにイイですか、そんなものが」

「ん、ん、あ……！」

「美味しいって言ってご覧なさい。でないと抜きますよ」

「ん、ン、美味し……っあ、っ……」

抵抗もなく口からすべり出す。何を言っているのか、自分でもよくわからなかった。意識が飛んでるみたいだった。

「あ……！」

楽しげに、山藤が深くそれを挿入してくる。

最奥まで貫かれた瞬間、蕗苳は意識を手放していた。


目覚めたのは、それからどれくらいしてからのことだったのだろう。火の番の声が遠く聞こえていた。

蕗苳は褥の上にしどけなくからだを投げ出していた。

ゆっくりと記憶が戻ってくる。今にも水揚げされかけて、山藤に散々いいように弄《いじ》り回されたのだ。――変な薬を使って。

思い出したらぞっと鳥肌が立った。もう、薬は抜けているようだが、からだが変にだるかった。中も、脚のあいだもべたべたして気持ちが悪い。下腹は熱を持ち、まだ何か入っているような感じがする。

「……気がつきましたか」

反射的に声がしたほうを見ると、山藤が一人で杯を傾けていた。

「飲みますか？」

勧められたけれども、蕗苳はとても飲む気にはなれなかった。首を振り、後ずさる。山藤は笑った。

「……夜はこれからなのに」

そして杯を置くと、蕗苳のほうへ近づいてきた。

「……っ」

蕗苳は無意識にまた首を振っていた。尻をついた格好のまま、褥の上をじりじりと後ずさる。彼にふれられるのが、死ぬほど嫌だった。それ以外、何も考えられなかった。

けれど山藤は手を伸ばしてくる。

「やっ……！」

思わず蕗苳は小さく叫んでいた。

手にふれた枕を掴み、山藤に投げつけた。そしてしかけごと衣桁《いこう》を倒し、卓袱台《ちゃぶだい》を返して、這うようにして立ち上がった。

そのまま、彼の怯んだ隙を突いて、蕗苳は部屋を飛び出した。

「誰か!! 誰かいないか……!!」

山藤が叫ぶ声が、背中に聞こえる。

逃げ出すなんてことが赦《ゆる》されるわけがないのはわかっていた。けれどこれ以上山藤にさわられるくらいなら、どうなってもよかった。逃げ切れるとは思っていないけど、逃げて、ドブに飛び込んで死んだほうがましだった。

（……ああ、でも）

その前に一目だけでも旺一郎に会えたら。それがだめなら姿を見るだけでも。だけどどこへ行けばその願いが果たされるのかさえ、蕗苳にはわからなかった。

喘ぎ声の満ちる廊下を、ふらつく脚で走り抜け、階段を下りる。

気づかれて、すぐに追手がかかったようだった。

あんな薬を使われた後で、からだに力はほとんど入らなかった。追われれば、すぐに追いつかれてしまう。

襦袢の袖を摑まれて、引き裂かれる。その袖を追手の手に残し、勝手口から庭へ出た。

庭の木々のあいだに、蕗苳は身を隠した。

からだが鉛のように重かった。

息を喘がせながら、膝をつく。

そして木の幹に縋《すが》るようにして廓の建物を見上げた瞬間、あっ、と声が漏れた。

二階の濡れ縁に立つ、旺一郎の姿を見つけたのだった。

(ああ……)

けれど蕗苳はそれを喜ぶことができなかった。

旺一郎がいたのは、綺蝶の部屋だったのだ。蕗苳の水揚げを知ってか知らずか、蕗苳が山藤に弄《もてあそ》ばれているあいだに、旺一郎は綺蝶の部屋へ登楼っていた。

(旺一郎のバカ)

彼は後ろから出てきた綺蝶に袖を引かれ、部屋の中へ戻っていく。ぴしゃりと窓が閉ざされる。蕗苳は見捨てられたような思いがした。

(バカ野郎……っ、裏切り者……!!)

崩れ落ち、拳で何度も地面を叩く。涙があふれて止まらなかった。目の前が曇って霞む。

その直後だった。

「いたぞ……！」

追手の声に、はっと我に返った。

再び走り出そうとする。けれどもう、どうしても少しも、足に力が入らなかった。追ってきた男の一人に腕を摑まれ、転んだところを馬乗りに押さえ込まれる。

「……っ」

腕を背中へ捻《ねじ》りあげられ、酷い痛みが走った。

地面へ押さえつけられた蕗苳の視界に、ゆっくりと靴先が近づいてくる。

わずかに顔を上げると、立っていたのは妓楼主だった。

冷ややかな顔の裏に、沸々と怒りを湛えているのがわかる。怖いほど冴え冴えとした月明かりがその横顔を照らし出す。

「たいしたことをしてくれたものですね。逃げ切れるとでも思ったんですか？」

「……」

そんなこと、思っていやしない。大門を越えられないことぐらいわかっていた。ただ、どうしても我慢ができなかっただけだ。死んだほうがましだと思った。吉原を囲むドブに飛び込んで、死のうと思ったのだ。

けれど捕まってしまえば、もうそれもできない。

「連れていきなさい」

凍りつくような冷たい声で、妓楼主は命じた。

蕗苳はそれから、花降楼の隅にある土蔵の座敷牢へ放り込まれた。

逃亡は、廓では重罪になる。ただで済むわけはなかった。

蕗苳はそこで、春とはいえ長襦袢一枚の姿にされ、三日三晩折檻《せっかん》された。

手は背中に回して胴と一緒に縄で縛り上げられ、梁《はり》から吊り下げられて割り竹で何度も打擲《ちょうちゃく》される。気を失えば冷水をかけられ、水桶に頭を突っ込まれて、窒息寸前まで押さえつけられる。永遠にも続くような苦痛だった。

そのあいだずっと、食事も水もあたえられることはなかった。

やがて折檻が終っても、縛られ、舌を嚙まないよう猿轡《さるぐつわ》を嚙まされて、そのまま転がされた。

蕗苳は意識は半ば朦朧としながら、身を起こせばぎりぎり見ることのできる土蔵の小窓から、ずっと外を見ていた。

その小窓からは、花降楼に通ってくる人たちが見える。

旺一郎の姿も、一度だけ見た。綺蝶のところに通ってきたのだ。前の二回と合わせると、もう馴染みになってしまったに違いなかった。

見れば辛くて苦しいのに、蕗苳は小窓を覗くのをやめることが、どうしてもできなかった。

もう、このまま死ねればいいのに、と思う。

けれど廓では大金をかけてこれから回収しなければならない大切な商品を、そんなふうには扱わないのが普通だった。

蕗苳がようやくそこから引きずり出されたのは、放り込まれてから一週間もたってからのことだった。

再びからだを綺麗に洗い上げられ、前のときと同じように着飾らされて、蕗苳は部屋へ戻された。

今日も山藤が来て、水揚げのやりなおしをするのだという。

もう何をする気力もなく捨て鉢な気分で、蕗苳はただ紅い褥に座っていた。逃げられないように、どうせ見張ってあるに決まっていた。

やがて背中で、部屋の襖がすっと開く。

そしてぴしゃりと閉ざされた。

男が入ってくる気配がある。ゆっくりと床を回って蕗苳の前へやってくる。そして膝をついた。

「――蛍」

男は呼びかけてきた。

その声に蕗苳ははっとした。

「……旺……一郎……？」

信じられず、そろそろと顔をあげる。

目の前にあったのは、確かに旺一郎の姿だったのだ。


蕗苳は旺一郎を見上げて、呆然と呟いた。

「……どうして、おまえが……？」

ここにいるはずのない男だった。ここに来るのは山藤のはずで、旺一郎が通うのは、綺蝶の部屋のはずだった。

それなのに。

何が起こったのか理解できなくて、頭が混乱する。

「俺では不服か」

問われて、蕗苳は目を逸《そ》らした。

「もう不服でも、言える身分じゃないよな。金さえ払えば誰にでも抱かれるんだろう……

蛍」

ずきん、と胸が痛んだ。旺一郎の言ったことは正しかった。言える身分じゃない。でも──それでも。

彼は蕗苳のことを、蛍と呼んだ。

「ないよ、ないけど、……っ」

呼吸をしようとすると震えてしまいそうな声を抑えて、蕗苳は口を開いた。

「おまえは綺蝶さんのお客だろ!? なのになんで……っ」

ここに来るのか。

座敷牢の中で、花降楼へ通ってくる旺一郎の姿を見た。その前の分とあわせれば、もうとっくの昔に綺蝶を抱いて馴染みになっているはずだった。

「綺蝶は関係ない」

「関係なくないだろ……!!」

客が色子に二股をかけることは、廓では赦されない。

けれど、たとえそれが廓のしきたりでなくても、蕗苳は旺一郎を綺蝶と──他の誰とでも、共有することなどとても耐えられなかった。

「部屋でも間違えてるんじゃないのかよ!?」

「間違えてない」

「じゃあなんで……っ」

「俺がおまえを買ったからだよ」

そうして欲しかったんだろう、昔から——と、旺一郎は言う。蕗苳は激しく首を振った。

旺一郎に買って欲しかった。それは真実だったけど。

実際にそうなってみれば、酷い屈辱を感じるのは何故なのだろう。

「妬《や》いてるのか」

意地悪く、静かに旺一郎は笑う。

蕗苳は首を振ったが、まるで聞いていないように旺一郎は引き寄せてきた。

「嫉妬してるんだろう」

「してないって言ってるだろ……！　バカ、放せよっ」

本当は山藤なんかより、他の誰より旺一郎がいいに決まっていた。嫌なわけがなかった。

旺一郎が初めての男になるのなら、どれほど折檻されようとあのとき逃げたのは意味があったのだと思う。——でも。

「おまえは綺蝶さんのお客だろ!?　なんで俺のこと買えるんだよ!?　放せってば……！」

繰り返す言葉に、旺一郎は笑った。

「気持ちいいな」

「え……？」

「……それ、ずっと言ってろ」

「何言ってるんだよっ……」

背中に腕を回され、抱き竦められる。蕗苳は身を捩《よじ》った。

「やめろよっ……あの人に悪いとか、思わないのかよっ……!?」

「思わないね」

「どうして……!? 馴染みになったんじゃないのかよ、振られたとでも言うつもりか!?」

廓に上がって二年、そのほどんどを綺蝶の部屋付きとして過ごしてきたけれど、綺蝶が客を断るところを蕗苳はほとんど見たことがなかった。それが旺一郎みたいな、若い美男で金払いもいい男を断るとは、到底思えなかった。

けれど旺一郎は言うのだ。

「振られた？ ああ……まあな」

「え……!?」

蕗苳は言葉を失った。

「ど――どうしておまえが振られるんだよ!?」

「さあ？ セックスが下手《へた》だったからかもな」

などと旺一郎は言う。

「だから、昔なじみのおまえでも、揚げてやろうかって気になったんだ。よかったな、客がついて」

「……っ……」

蕗苳は思わず手を振り上げた。そのまま旺一郎の頬に振り下ろそうとしたのを、捕まえられる。そのまま引き寄せられ、抱き締められた。

「放せよっ……!!」

綺蝶に振られたから蕗苳を、という旺一郎に、腹が立ってたまらなかった。

「やだ、バカバカ放せよっ……!」

蕗苳は旺一郎の胸を叩き、本気で暴れた。押しのけて、逃げようとした。

けれどいくら叩いても、彼のからだはびくともしない。そして怖くなるくらいの力で、抱き締めてくるのだ。

「放せってば……!!」

悲鳴のような声を、蕗苳はあげる。

「離さない。——もう二度と」

低く、旺一郎は言った。

唇を塞《ふさ》がれる。舌をからめとられ、ぞくりと背中が震えた。旺一郎のキスは熱くて情熱的で、ふれる先から溶けてしまいそうだった。

押しのけようとしたはずの手で、蕗苳はいつのまにかシャツを摑んでいた。

褥《しとね》に押し倒される。旺一郎が覆い被さってくる。

旺一郎は蕗苳の手首を摑み、袖のめくれた腕の内側にキスした。少しずつその唇がずれていき、つけ根までくると、首筋へ移る。

「ん、……」

強く吸われて、小さな声が漏れた。

「やだ……っ、あ」

しゅる、と音を立てて襦袢の帯が解かれた。着物のあわせに、てのひらがすべり込み、くつろげる。

「……っあ」

旺一郎は乳首に吸いついてきた。小さなそれを吸い上げ、掬うように舌先で捏《こ》ねて、歯を立てる。

「あッ……」

ずきんと下腹に来て、蕗苳は思わず声をあげた。そんなところでそんなに感じるなんて思わなかった。知識としてはあっても、本当は全然わかってなかった。

「あ……あぁん……っ」

恥ずかしいほどの喘ぎが口を突いて出る。

「……どうされた」

旺一郎は呻くような低い声で言った。

「え……」

「水揚げのとき、山藤にどうされた？」

「水揚げ……」

ああ、では旺一郎は知らないのか、と蕗苳は思った。水揚げの途中で、蕗苳が逃げ出したこと。

「……怪我《けが》をしたと聞いた」

「……っ怪我……？」

「それでしばらく見世《みせ》を休ませていると。……どこだ？」

座敷牢にいたあいだのことは、そういうことになっているのか、と蕗苳は初めて知った。昔ならともかく今の時代に、色子が水揚げから逃げて捕まり、折檻のうえ座敷牢に放り込まれていたなどとは、公に言えたものではなかったのだろうか。

どこだ、と旺一郎は繰り返す。

「どこって……」

「からだの中か」

「ち——ちが……っ」

あらぬことを疑われ、蕗苳はかーっと真っ赤になった。旺一郎は誤解している。山藤には薬で酷い目にはあわされたけれども、からだに傷をつけられたわけではない。傷が残っているとすれば折檻のときのものだ。だが花降楼のようなところの折檻はたいてい、商品にあまり酷い跡をつけるようなやり方はしないものだった。

「じゃあどこだ。あいつはどんなふうにおまえを抱いた？」

「……あ――ッ……」

腹立ちまぎれのように乳首を噛まれ、悲鳴をあげた。

(痛い……)

けれど悦い、とも感じてしまって、自分で愕然《がくぜん》とした。

旺一郎は執拗《しつよう》に突起を舐めた。そこが凝ってこりこりになり、ちょっと歯をあてられただけでも腰が跳ね上がるようになってもやめなかった。もう片方の乳首は指で弄り回され、両方から響く感覚で、蕗苳はたまらずビクビクと身をしならせ続ける。

「あ……あ、そこ、もう……っ」

やめて、と訴えると、旺一郎はなおさら意地悪になるようだった。

とろけるように気持ちがよくて、押しのける手に力が入らない。

いつも廻し部屋から漏れ聞こえる、朋輩《ほうばい》の喘ぎ声が嫌だった。山藤が嫌いだったのは、彼が来た日の白百合が、特別に淫らだったからということも大きな理由だった。性的なことが汚く思えた。

いつかは自分も、と思うのがたまらなかった。

けれど今は、惨《みじ》めな思いは感じてはいない。どうしようもなく乱れてしまうのが、とても恥ずかしいけれども。

山藤のときとは違う。それは相手が旺一郎だからだ。

旺一郎にされてる。子供の頃から大好きだった相手にふれられ、抱かれている。――嘘みたいだった。

（……気持ちいい）

たとえどんなに綺蝶のことが心に陰りを落としても、そう思わずにはいられなかった。

そしてそのことが、死ぬほど悔しい。

「……調べてやる」

と、旺一郎は低い声で言った。

長襦袢をはだけられる。あらわになった蕗苳の肌を、旺一郎は上から下まで視姦した。

確かめるように首から脇から舐めていく。

「これか」

と、旺一郎が見つけたのは、肩から背にかけて薄く残る割り竹の跡だった。それは山藤ではなく、折檻のときにつけられたものだ。

蕗苳は首を振った。

「じゃあ何だっていうんだ？　――あいつをかばうのか」

山藤をかばっているわけじゃない。だが、蕗苳はそれを言わなかった。旺一郎が勝手に誤解するのなら、それもいいと思った。

顔を逸らして黙り込む蕗苳の手首を乱暴に摑む。そしてそこにも傷を見つけたようだった。山藤に縛られた跡のうえに、座敷牢で梁から吊されたときのものが重なっている。

「これはどうした」

「……さあ」

旺一郎が舌打ちをする。彼は蕗苳のからだを隅々まで調べ続け、薄い折檻の跡をいくつか見つけたようだった。蕗苳は恥ずかしさに泣きそうになっていた。

「んッ……や……！」

片膝の下に手を入れられ、脚を抱えあげられる。思わず閉じようとしたけれど、できなかった。

旺一郎は太腿の内側に舌を這わせてくる。

「や……ぁ……っ」

「……ここをどうされた……？」

「ふ、……ぅっく」

つけ根までたどられ、息をつめる。

「……舐められたのか」

「……っ」

「こう……されたんじゃないのか」

「あぁぁ……っ」

舐めあげられ、頭まで突き抜けるような快美感があった。敷布を破れるほど強く握り締める。

「……ってない……そん、なこと……」

喘ぎながら蕗苳は言った。

「握られた、だけ……でも全然……感じなかっ……」

「嘘をつけ」

本当のことなのに、旺一郎は一蹴した。そしててのひらで扱《しご》きあげる。

「あぁぁ……っ」

「こんなに濡れて……ここが感じないわけないだろう」

「……っ……」

言われる先から蜜を零す。旺一郎の手に包まれているだけで濡らしてしまう。

「――淫乱」

吐き捨てるように旺一郎は言った。

それだけは誤解されたくなくて、蕗芩は口を開く。

「違……っ」

「そ……れは……、……っまえ、だから……っ」

旺一郎にさわられるから感じるのだ。他の誰にさわられたって、こんなふうにはならない。どろどろに濡れたりしない。

なのに、旺一郎は言うのだ。

「……なるほど。それが遊女の手練手管という奴か。もう一人前に使えるんだな」

「ちが……あぁ……っ！」

ふいに熱い粘膜にすっぽりと包まれ、蕗芩は悲鳴をあげた。口に含まれたのだとわかる。くわえる練習はしても、自分がくわえられるのなど初めてのことだった。

「……あぁ……」

そしてくわえているのは旺一郎で、今蕗芩はあの彼の唇の中にいるのだ。物凄く恥ずかしくていたたまれず、そのくせ腰がじんと痺れて、目の前が白くなる。考えただけでも放ってしまいそうだった。

旺一郎は飴でもしゃぶるように蕗芩のものを舌の上で転がし、乱暴に吸い上げてくる。

「あ、あ、あ……！」

蕗芩は瞼の奥で何かが砕けるのを、何度も感じた。

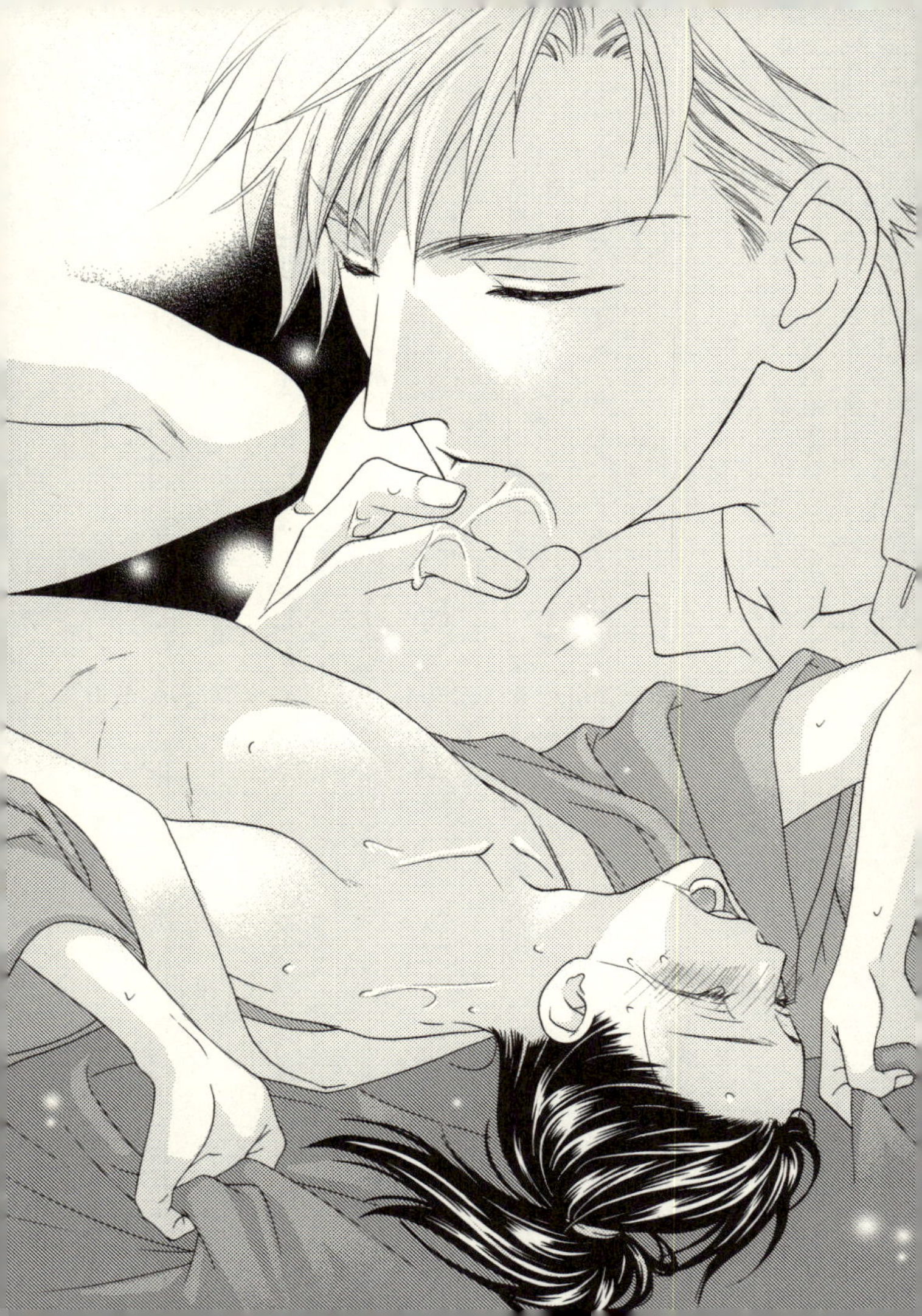

かった。

このままでは旺一郎の口の中に出してしまう。我慢しようと思ったけれど、堪えきれな

「あ、だめ、出る……っ」

「あぁぁぁ……ッ……」

蕗苳は思いきり背をしならせ、情欲を吐き出していた。イクのがこんなに気持ちいいと思うのは初めてのことだった。

息を乱し、ぐったりと寝床に背を沈める。

けれど旺一郎には全然休ませてくれる気などないようだった。更に脚を抱えあげ、その奥の窄まりを覗き込む。

「やだ……っ見んなっ……」

旺一郎はかまわずに孔を指でさわる。乾いた襞にふれられて、きゅっとそこを窄めてしまう。それでも旺一郎はそこをさわるのをやめなかった。

「っ……」

「ここに挿れられたんだろう」

低く、旺一郎が言う。

「どうやって挿れた？　奴は舐めたのか。指で慣らしたのか、それとも」

蕗苳は激しく首を振った。

挿入されてなどいない。少なくとも、山藤自身のモノでは貫かれていないと思う。途中から薬のせいで朦朧としてはいるけれども、多分。

――夜はこれからなのに

一度気を失って目覚めたとき、山藤はそう言っていたのだ。

蕗苳はそのことを答えようとし、でも言えなかった。綺蝶のことが頭を過《よ》ぎったからだ。振られたにせよ、旺一郎は綺蝶を抱いたのだ。なのに自分だけが綺麗なからだのままで、旺一郎を待っていた――そう思われるのは絶対嫌だった。言いたくなかった。

答えない蕗苳に、旺一郎は舌打ちした。

尻の肉を摑んで開かせ、その中心に舌先でふれてくる。

「や……！」

蕗苳は反射的に押しのけようとしたが、旺一郎は頭を上げなかった。ぞくっ、とくすぐったいような疼きが這い上がる。

「あ……そんな、とこ……っ」

いくらからだじゅう綺麗に磨き上げられているとはいっても、さすがに不浄の場所だと思う。そんなところを舐める、なんて。

信じられないことで、死にそうなくらい恥ずかしかった。旺一郎は、平気なのだろうか？　気持ちが悪くはないのだろうか。

「ん、ん、ん、……っ、」

けれど蕗芩はそれでも、とろけるみたいに気持ちがいいのだ。孔を広げられ、舌で粘膜を舐めあげられると、それだけで涙が零れた。薬で無理矢理感じさせられるのと、全然違った。

「はぁ……あぁ……お……かしくな……っ」

旺一郎は執拗だった。舌が入り口を出入りすると、腰の奥が痺れたようになる。いやらしい声がひっきりなしに漏れた。

「……あぁ……ん、ん、っく……っ」

また旺一郎に淫乱だと思われる。我慢しなければいけない、こんな声は、絶対。――でもできなかった。

「も、……い、いっちゃう……ッ、……！」

(だめ)

二回も先に達してしまうわけにはいかない。こらえなければ、と思う。けれどそう思った瞬間、爆《は》ぜていた。

「んッ……あぁぁ……っ！」

あたりも憚《はばか》らない声を、蕗芩はあげてしまった。

後ろを舐められるだけで達してしまった。それは恐ろしいような衝撃だった。

旺一郎が覗き込んでくる。後ろだけでイッてしまった直後の顔を見られるのが、物凄く恥ずかしい。けれど隠そうとした手は掴まれ、剝《は》がされる。

開いたままの足のあいだに、旺一郎の腰が割り込んできた。太腿の内側に、熱いモノがあたっていた。

まだぼうっと余韻の残った頭で、さわってみたいな、と蕗苳は思う。手の中で確かめたい。旺一郎のいのちを。

でも、彼には蕗苳にさわらせる気はないようだった。

窄まりにあてがわれる。それがあまり熱くて、蕗苳は身を竦めた。これから旺一郎と繋がるんだ、と思う。この熱いのを挿れられて。

(痛いかな)

死ぬほどたっぷり舐めてもらったけど、どうしたって最初は苦しいと聞く。

(でも、そのほうがいい)

そんな気持ちになるのが不思議《ふしぎ》だった。

覆い被さってくる旺一郎の背中を、縋《すが》るようにぎゅっと抱き締める。それを怖いと感じながらも、思いきり脚を開く。先端がずぶりと突き立てられてきた。

「――ッ……！　あぁぁぁ……っ」

想像していた以上の凄い圧迫感だった。山藤に玩具《おもちゃ》を使われたときとも違う。熱くて、大きくて痛い。でも旺一郎の一部なんだ、と思う。

「……はぁ……あ……」

浅い喘ぎを繰り返して、受け入れようとする。一つに繋がりたいと思う。

そんな蕗苳の中に、旺一郎は容赦なく突き込んでくる。

「……っ、ン……！」

からだの内側を擦られて、悦い、と思った。痛いだけではない感覚が、既に生まれはじめている。男が中で動くたび、脊髄を快感が駆け抜ける。

「お……いちろ……っ」

もっと、と誘うように名前を呼ぶ。

旺一郎が、蕗苳のからだを折り曲げるようにして、奥を責めはじめる。まだ慣れているとはとても言えない中を、容赦なく突き上げてくる。

「ん、あ、あっ、あ……ッ」

苦しくて、それなのに中を擦られ、乱暴に突かれるたびに腰が痺れた。旺一郎を包み込んで濡れていくのがわかる気がする。

いやらしいな、と旺一郎は囁《ささや》いてきた。

「あいつのときもこうだったのか」

蕗苳は首を振った。

「じゃあこれは何だよ」

また勃《た》ちあがっていたものを腹で擦りあげられ、目の裏が白くなる。

「……ん、ん、だめ……っ」

すぐに達してしまいそうになり、蕗苳は止めようとした。初めての行為で、そんなのは恥ずかしすぎる。旺一郎にまた淫らだと思われる。

けれど旺一郎はやめてはくれなかった。底の底まで突き上げてくるのだ。

「あぁぁ……っ、いっ……」

呆気ないほど簡単に、蕗苳は達していた。自分でも信じられないほどだった。こんなふうになるなんて。

だがそれでも、旺一郎は少しも動きをゆるめてはくれないのだ。まだ吐精が続いているのもかまわずに、蕗苳の中を擦りあげてきた。

「や……あぁぁぁぁ……っぁぁ……っ」

あまりのきつさに頭の中が真っ白になる。射精の途中で前立腺を抉られ、あとからあとからあふれてくるような気がした。

「あ……あ……」

旺一郎は蕗苳が達しても容赦せず、いっそう強く突いてくる。

腰を摑んで揺さぶられるたび、知らないうちにぼろぼろと涙が零れていた。

「旺一……ろ……っ旺……っ」

何度も名前を呼ぶ。

自分のからだがどうなっているのかよくわからなかった。ただ、体内で旺一郎が大きく、蕗苳の奥までいっぱいにして膨れあがるのを感じるばかりだ。――こんなにも深く入るものだったなんて。

「あ、……おっきくな……っ……」

無意識に口走っていた。

「も、だめ……っ」

気持ちがよくて、また達してしまいそうになり、蕗苳は感覚を散らそうと何度も首を振った。ぱさぱさと髪が耳許で音をたてる。

けれどそんなことでどうにかなるわけもなかった。

からだを二つ折りにされ、奥まで何度も挿れられる。どくっ、と深いところで旺一郎が弾けるのを感じた。

「あ、あ――……」

中であふれる刺激に耐えることができず、誘発されるように蕗苳も達する。そのあいだにも、旺一郎の射精は続いていた。受け入れかねるほど蕗苳の中を一杯にしても、まだ終わらないほどだった。

「……ん、ん……ッ」

「……搾《しぼ》り取られる」

苦しくてたまらないのに、旺一郎はそんなことを囁いてくるのだ。

「んッ……」

いつまでも続くかと思うほどたっぷりと注ぎ込むと、旺一郎は奥へ挿れたまま、蕗苳の上にからだを伏せてくる。重みが酷く心地よかった。

旺一郎に抱かれたんだ……と実感する。

潤《うる》んで霞む目を微かに開ければ、濡れ縁に面した障子の外が微かに白んでいた。

朝になる。

色子たちが、客を送り出しはじめている。そっと襖を開《あ》け閉《た》てする音が、微かに聞こえる。きっとまた来てね、と囁き交わす声がする。

(……また来てね……)

旺一郎に、蕗苳もそう言いたかった。

(……言ってもいいよな……?　……また来て、って)

仕事の一部みたいなものなのだから、そう言ってねだってもいいはず。でも、それもまた淫らだと思われてしまうのだろうか。買いに来てと言った二年前、蔑まれたのと同じように。

でも、おまえだって。

(こんなに太いのを硬くして、俺を貫いてるくせに)

また来て、と言いたかった。

けれどそれ以上に言いたいことがある。

(このまま離さないで)

できるわけがないと思う。夜が明けたら、旺一郎は帰ってしまう。わかっているけど、でも。

乱暴に扱われても蔑まれても、死ぬほど離れがたかった。

蕗苳は旺一郎の首に腕を伸ばし、両手でぎゅっと抱き締めた。


けれど旺一郎は、夜が明けても帰らなかったのだ。

いつのまにか眠り込んで、目が覚めたときもまだ旺一郎はいた。花降楼から配られる客用の浴衣を着て、先に起きて蕗苳の寝顔を眺めていた。

着物姿の旺一郎を見るのは、本当にひさしぶりだった。着流し風の着つけがよく似合い、惚れ惚れするような男ぶりだった。

日はもう高かった。

寝顔を見られていたのかと思うと気恥ずかしく、蕗苳は反射的に布団を被り、そしてそろそろと目だけを出した。

「……か……帰らなかったのか？」

旺一郎の姿が見えるのは、幻覚なのではないのかと蕗苳は思った。見送りもせず勝手に帰してしまうのは色子失格だが、普通、客が登楼っている時間など、とうに過ぎてしまっていた。

「居たら悪いのか」

「そ——そういうわけじゃないけど……」

いつ帰るのかを決めるのは、客のほうだ。色子には引き止めることはできても、追い出すことなどできるはずがなかった。

そしてそれより何より、いてくれて嬉しかった。眠っているうちに彼がいなくなっていたら、きっと泣いていた。どんなに後悔したかしれない。

（でも、流連《いつづけ》なんて……）

朝になっても客が帰らずに、登楼し続けることを流連という。

ただでも金のかかる見世だ。どれほど莫大な花代がかかっていることだろう。それに仕事はどうなっているのか。家に帰らなくても大丈夫なのだろうか。

そんな疑問を口にすれば、旺一郎は、

「おまえが気にすることじゃない」

と一蹴した。

「帰りたくなったら、帰るさ」

蕗苳はその言葉に震え、それ以上聞くのが怖くなってしまった。

藪を突いて蛇を出すようなことになる気がした。勝手に独り身のように思い込んでいるけれど、もしかしたら妻子がいたり、そこまでいかなくても恋人がいたり、することだって考えられるのだ。思い出させるようなことは言いたくなかった。

もし一つでも口にしたら、この脆《もろ》い時間が壊れてしまいそうな気が、蕗苳にはしたのだ。

＊

それから、何度しただろう。

抱いても抱いても、旺一郎は蕗苳を放す気にはなれなかった。

布団から逃れ出ようとする傍から引き戻し、挿入した。そんな無茶を繰り返しても、蕗苳は反応せずには居られないようだった。

辛そうにしていれば可哀想だとは思う。なのにもっと可哀想なことをしたくてたまらなくなった。

「……っ……」

ぐったりと動かなくなった蕗苳の両脚を摑み、思いきり開かせる。少しやつれた姿には、却《かえ》って色香が漂っていた。

「や、だ……もう……っ」

蕗苳が何度目かの同じ科白を繰り返す。

旺一郎はそれを無視した。

今の今まで自分をくわえ込んでいた蕾はわずかに緩んで、赤く濡れていた。傷をつけていないか調べる――というのは、ほとんど口実のようなものだった。ただ、見たかった。

凝視されることに耐えきれず、蕗苳は脚を閉じたがるけれども、旺一郎は許さなかった。それどころか、わざわざ押し開いて観察しようとする。

指でさわると、蕗苳は息をつめる。

「……っそんなこと、……」

「見られてると感じるのか」

言葉で苛《いじ》めると、蕾がきゅっと締まった。

散々そこに快楽を教え込まれたあとなのだ。当のその相手に覗き込まれ、とても平気ではいられないのだろう。

「……ッ」

指先で広げると、とろりと零れてきた。今、自分が中に注ぎ込んだものがあふれてきているのかと思うと、旺一郎はたまらない昂揚を覚える。

けれど蕗苳はさすがにいたたまれないのだろう。かあっと全身が桜色に染まった。開け放した窓から射す月明かりに照らされて、そんな姿は艶めかしく綺麗だった。紅い褥、紅い着物に、黒髪と透けるような白い肌が、とてもよく映えていた。

これを見たのが自分一人でないのが、ゆるせないほど。

「もっと開け」

「……っ冗談……もう、……」

いい加減にしろ、と蕗苳は訴える。

「これ、出しておかないといけないんだろう」

「そんなこと、どこで覚えてきたんだよ……っ」

どこで覚えたというわけでもない。いつか蕗苳を抱くときのために集めた、知識の中の一つだった。

答えずにいると、蕗苳は勝手に何か誤解をしたらしい。綺蝶のところで習ったとでも思ったのか、拗《す》ねた顔をするのが可愛らしい。

　さらに掻き出そうとする旺一郎を押しのけて、なんだかんだと言いながらも好きにさせていたからだを、蕗苳は起こした。

　だが旺一郎はその脚を摑み、すぐにまた引き戻す。膝で蕗苳の脚を割り、あいだへ入り込む。

　そして卓袱台の引き出しに備えつけられた潤滑剤の瓶を取り出した。

「本当は、これを使うんだろう」

　旺一郎はどろどろしたそれを、硬く勃ちあがった自分のものに、見せつけるように垂らした。そして塗りつけると、赤くなって目を逸らす蕗苳の太腿を摑み、思いきり持ち上げた。

「や……あ……！」

　着物が捲れ上がり、目に痛いほど白い太腿があらわになる。その奥の陰りにあてがい、旺一郎は一気に深く挿入した。

「あ……！」

　蕗苳は、ぞくん！　と背中を反らした。

　最初から快感があったようだった。注ぎ込んだ精と潤滑剤のおかげで、そこは少しも男を拒むことがなかった。

これ以上できないくらい脚を大きく広げ、中心に深く突き入れる。

「ん……！　ん、……っ」

「……もう感じてるのか」

何故かそれが腹立たしく、声は低く淀《よど》む。

「まだ動いてもいないのに」

貫いただけで、蕗苳の中は浅ましく反応しはじめている。蕗苳は恥ずかしがって自分を律そうとしていたが、できないようだった。

「……凄ぇ……絡みついてくる……」

「……ふっ……っ」

蕗苳は泣きそうな顔をする。

「……っ……」

挿れられて、蕗苳の内部はきゅうきゅうに男を締めつけていた。両脚を開かれ、下半身だけを膝に乗せた格好で捕まえられて、他にはどうにもできないようだった。腰が疼いてたまらないのだろう、耐えるよすがを求めて手が布団の上をすべり、敷布を破れるほど強く握り締めた。

「あ、あン……っ」

中にたっぷりと注いだうえに、潤滑剤まで使って掻き回す。ぐちょぐちょと聞くに堪え

ないほど淫らな音が漏れていた。

「苦し……っ」

緩めて、と蕗芩は訴える。

けれど口では嫌と言いながら、本気で抗《あらが》いはしないのだ。

金で買ったのだから当たり前だった。

あとは身請けして、囲えばいい。それで二年前の屈辱はすべて雪《そそ》げるはずだった。――

でも。

何か満たされない気がするのはどうしてなのだろう。

自らの内に沸《わ》き起こった疑問を、旺一郎は振り払った。

*

それから次の日も、その次の日も、旺一郎は蕗芩の部屋にいた。

法外な花代を払い、だらしなく流連《いつづけ》る。そして蕗芩を抱いて離さなかった。

褥を抜け出そうとするたび引きずり戻され、逞《たくま》しいからだの下へ敷き込まれる。愛撫されればどんなに疲れていても感じてしまう。

きつくされることが多いけど、ときどきはやさしかった。

再会してからこっち、旺一郎の知らなかった一面をたくさん見たような気がする。

こんなにやりまくるような男だとは、思ってもいなかったのだ。

廓という場所柄、たくさんの淫らな男たちを見てきたけれど、旺一郎だけは違うと思っていた。どこか男の色気を纏いつかせてはいるけれど、それはむしろ彼の酷くストイックな部分から生まれるもののように勝手に感じていたのだ。二年前に駆け落ちしたときは、ラブホテルに泊まることとさえ好まない男だったのに。

それでも、そう悪い気持ちでもないのが不思議だった。何にせよ旺一郎に求められれば、嬉しいと思わずにはいられなかった。激しすぎて辛くはあっても、抱かれれば、どうしようもなく気持ちがよかった。

これが下手だという綺蝶は、ふだん客とどんなセックスをしているんだろうと思う。

(そういえば、お姫様のこともテクがないとか揶揄《やゆ》していたこと、あったっけ)

食事だけは毎回、旺一郎がとってくれた。

ろくなものは食べさせてもらえずに監禁されていたあとだけに、嬉しい。

何でも好きなものを食べていいと言われるので、わざと高価《たか》いものばかりを頼んでみたりする。けれど、旺一郎は全然気にしたようすもなかった。

旺一郎と向かい合って食事をするなんて、何年ぶりかと思う。一緒に食べているだけでも、心にじわりと染みるものがあった。

(あのとき、もし一緒に逃げていたら)

と、蕗苳は思うのだ。

そうしたらちょうどどこんなふうにして、二人で暮らしていたのかもしれない。どこかの安アパートにひっそりと住んで、二人でアルバイトして、毎朝毎晩一緒にご飯を食べて、愛しあって。組にも見つからず、案外何もかも上手《うま》くいっていたのかもしれない……?

そんなことを、夢みたいに考える。

「……そういえばさ、……駆け落ちしたとき」

夕食をとりながら、思い出したことを、蕗苳は口にする。

昔のことを話題にするのは、けっこう勇気が必要だった。再会してからも、お互いずっと忘れたようにふれなかったことだった。

「おまえコンビニで買いだししてきてくれただろ。……俺の好きなものばっかり。覚えててくれて、凄い嬉しかったんだ」

「は……」

旺一郎は、呆れたように笑った。自嘲的、とも見えたかもしれない。せっかく買ってきたのに無駄にさせてしまった張本人の蕗苳が、あのときのことを語るのが、片腹痛いのだろう。

だけどずっと謝りたかった。心に引っかかっていた。

「……あのときはごめん」

「今さら」

旺一郎は吐き捨てた。

切り捨てるような言葉が痛い。こんな話は、やっぱりしなければよかったのだろうか。

「でも俺だって、旺一郎が好きだったもの覚えてるよ……！」

旺一郎の横顔があまり冷たくて、蕗苳は思わず口走る。今注文したものだって、値段だけを見て頼んだわけではないのだ。海老とかハムとか、旺一郎の好きなものをなるべく選んだつもりだった。

「……なるほど？」

旺一郎は杯を空けた。

「それも手練手管って奴か」

「違……っそんなの、手管で覚えてられるわけないだろ……！　身売りの前の話なのに……！」

「だからどうした」

「……っ……」

冷たく返されて、蕗苳はそれ以上言葉が継げなかった。

旺一郎は無言で食事を済ませ、布団に転がる。蕗苳もまた耳を垂れた犬のように、黙々と箸を動かした。

その手を、いきなり旺一郎が摑んでくる。

「あっ……」

引き寄せられ、褥に引きずり込まれた。

「まだ、食事が……っ」

「粗方食べただろう?」

「あ……っ、だめ……っ」

旺一郎はまた、蕗苳のからだを開かせようとする。その男の胸を、蕗苳は押し返そうとした。

「も、ちょっと……やすませて……っ」

と、蕗苳は訴えた。食べはじめる前も散々弄り回されていたのだ。もうすぐ禿が食事を運んでくるからと言っても、全然聞いてくれなくて。

「……疲れて……壊れそう……」

「壊れる? 悦いくせに」

本気で言ったのに、旺一郎はとりあってくれない。

「これくらいで、綺蝶なら音をあげたりしないのにな」

「……っ、おまえ何回あの人とやったんだよ……っ!?」

旺一郎の科白に胸を抉られながら、蕗苳は言った。時間的なものを考えても、そんなに何回も登楼ったとは思えないのに。

「さあ……何回だったか……」

言いながら裾を捲ろうとする旺一郎の手を払い、蕗苳は褥に起きあがった。涙ぐみそうだった。

「もう嫌だっ」

「おまえそんなこと言える身分じゃないだろ。一本立ちしたばっかりのくせに」

蕗苳はぐっと詰まる。売れっ妓の傾城ならある程度の我が儘は言える。けれどやっと色子になったばかりの新米には、通せるものではなかった。

「……じゃあ、かわりに口ですれば文句ないだろ……!?」

「口で……ね」

そういうことを、自分から言うのは酷く恥ずかしかったけれど。

「やったことないけど、けっこう上手いと思うからっ」

「試したことがないなら、何故わかる」

「そ……それは、習ったから……」

「誰に」

綺蝶に、と答えようとして、蕗苳はまた詰まった。旺一郎が、何度綺蝶と寝たのか知らないが、そういうことも、してもらったことがあるのかもしれない。

「――どうした？」

旺一郎は怪訝《けげん》そうな顔をする。

「山藤にでも習ったのか」

違う、と言おうとして、ふと蕗苳は口を噤んだ。そうだと思わせたら、旺一郎は妬いてくれるだろうか？

「……さあ」

とだけ、蕗苳は言った。

旺一郎は唇に怖いような笑みを浮かべる。

「やってみろ」

蕗苳は、出窓風に張り出した濡れ縁に旺一郎を座らせた。脚のあいだに座り込み、浴衣の裾を割って旺一郎のものを取り出す。

何度も挿れられていても、この手に握るのははじめてだった。旺一郎はずっと、蕗苳のからだを一方的に弄り回したり責めたりするだけで、蕗苳に何かさせようとはしなかったからだ。

なんだか、間近で見るとどきどきした。旺一郎の命を握っているような感じが新鮮だった。口でしようと言い出したのは、本当はこうしてふれてみたかったからだったのかもしれない。

舌先で、挨拶《あいさつ》するように先端にふれると、ビク、とそれは硬さを増した。

くわえるのが辛そうなほどの大きさだった。こんなのをいつも中に挿れられていたのかと思うと、怖いくらいだ。

手で支え、茎からそっと舌を這わす。横笛を吹くようなかたちで舐め回し、裏筋をつけ根のほうから先端へたどる。そして括れのところを舌先でつついた。質量が増していくのが嬉しかった。

先の部分をくわえて割れ目を擽り、やがて喉の奥まで含む。

硬くて、まるで骨でもあるように感じる。そして長くて太かった。くわえると、思った以上に苦しかった。

それでも、一生懸命務める。

こんなことを綺蝶にもさせたのかもしれないと思うと、負けたくなかった。年季も素質も違うから、いくら頑張っても無駄かもしれないけど。

硬い、弾力のある肉の塊が内頬を打つ。蕗苳はなりふりかまわず頭を振り、それに一心不乱に舌を絡ませ、締めつけた。

模型とは、同じようでやっぱり違う。本物は熱くて、それにすればするほど大きくなるのだ。それが喉の奥に入り込むたび、ぞくっと背中が震えた。まるで下へ挿入されているかのように腰が揺れた。

苦い液体が滲《にじ》んでくる。わざと音を立ててしゃぶる。

「もう、いい」

低く殺した声で、旺一郎は言った。

けれど蕗苳は離さなかった。旺一郎が小さく舌打ちし、頭を押さえつけてくる。口の中で熱いものが脈打ち、どくどくと精を吐き出した。いっぱいに溢れたそれが喉の奥に流れ込み、蕗苳は激しく咳き込んだ。舐める勉強はしていても、飲まされるのははじめてだった。

「ここへ来い」

旺一郎は自らを口から引き抜くと、そう言った。

まだ旺一郎を受け止めた余韻も去らない。蕗苳は旺一郎の言葉の意味がよくわからなかった。からだがひどく熱かった。

ぼんやりと彼を見上げる蕗苳の脇に手を差し入れ、抱えあげた。蕗苳を膝に抱き下ろし、脚を開かせ、自分の腰を挟んで座らせる。

そして着物の裾を割った。

「舐めただけで……こんなにしてたのか」

蕗苳の中心で震えているものを軽く撫でる。

「あ……」

そこは確かに、旺一郎の言ったとおり硬くなって濡れていた。

「山藤のときもこうだったのか？」

蕗苳は反射的に首を振った。

「このまま乗れ」

「ここ、外から見える……っ」

「かまわないだろ」

「……っやだ……っ」

蕗苳が抗《あらが》おうとするのも聞かず、旺一郎は蕗苳の腰を摑み、位置をあわせる。そのまま突き立ててきた。

「あ――……」

慣らされた場所へ、ずるりと入り込んでくる。蕗苳は思いきり背中をしならせた。脊髄をびいんと快感が貫く。

「あ……あ、……ッ」

そのまま揺すぶられ、蕗苳は辺りも憚らない声をあげた。抑えられなかった。自分の重みがかかるせいか、いつもよりいっそう深く入っているような気がする。

はじめて間近で見たせいもあって、挿れられたモノをリアルに想像してしまっていた。

旺一郎の分身が、自分の中に入って、奥まで届いてる。

「んッ……ん、……」

旺一郎が突き上げてくる。耳を舐め、噛んで吸い上げ、のど元へ唇が降りていく。乱れた紅い着物が肩から落ちていく。

「旺一郎……っ」

彼の肩越しに、遠く大門が見えた。あの外へ、旺一郎はいずれ帰っていく。

流連が長くなればなるほど別れがたくなる。

深く入る彼のモノを感じながら、こんなことを、いずれ他の誰かとしなければならないのだろうかと思う。こんなにも深く、身の内に受け入れて。

「お……いちろ……っ」

蕗苳は旺一郎の背中を、縋るようにぎゅっと抱き締める。離したくなかった。ここにいてくれるんなら、他の妓のかわりでもいい、とさえ思う。

「……蕗苳」

旺一郎が名前を呼んでくれる。蛍、でなく蕗苳、と呼んでくれるのが嬉しい。

「好き、旺一郎……っ」

気がつけば、口からすべりだしていた。

抱き竦められる。

大きく膨れあがった旺一郎が中で弾ける。

その脈動を体奥で感じた瞬間、蕗苳もまた昇りつめていた。


旺一郎を朝湯に送ってから、自分もいつもの湯殿へ行って部屋へ戻ってくると、先に帰っていた彼が布団に寝ているのを、蕗苳は見つけた。

枕許に座り、目を閉じた端正な顔を覗き込む。

(……よく眠ってる)

旺一郎も疲れてはいるのだろうか。

(だったらそんなにしなきゃいいのに)

と、蕗苳はちょっと呆れた。四六時中しているような状態は、まだずっと続いていた。

手持ち無沙汰にふと思いつき、蕗苳は卓袱台の引き出しから、銀色の小さなものを取り出した。耳かきだ。

そして怒られるかもしれないと思いながらも、そっと旺一郎の頭を持ち上げ、膝に乗せた。

銀のそれを、旺一郎の小さな耳の穴に入れて、静かにかさこそと奥を探る。

「……何をしてる」

できるだけそっとしたつもりだったのに、旺一郎は目を覚ましてしまったようだ。

「……耳かき」

「耳かき？」

「うん」

嫌がるかと思ったが、旺一郎は起きあがろうとはしなかった。

蕗苳は耳かきを続ける。

「気持ちいい？」

と聞けば、

「……変な気分だ」

と、旺一郎は答えた。

「昔はいつも俺を顎で使ってたおまえに、耳かきなんかさせてるのかと思うと」

「顎で使うなんて……」

そんなつもりじゃなかったのだ。旺一郎に、一緒にいて欲しかった。仲よくしたかった。

それだけだったのに。

「耳かきぐらい、言ってくれればいつでもしてあげたのに」

そんなことで旺一郎が喜んでくれるなら、安いものだった。毎日だってしてあげた。

「……後でついでに、爪も切ってあげようか」

「じゃあ、そのあとは肩でも揉んでもらうかな」

「調子に乗んなよ」

と、額を弾く。でも、それもあとでしてあげようと蕗苳は思う。

「はい、反対」

片方が終わって逆向きになると、旺一郎は蕗苳の腹に顔を埋めてきた。ぎゅっとされると、なんだかどきどきする。毎日何度も抱き合っているのに、慣れるものではないようだった。

「……そういえばさ」

昔の話が出た機会に、蕗苳は切り出した。旺一郎が知っているかどうかはわからなかったが、もし知っていたら教えて欲しいことがあったのだ。聞こうと思いながら、ずっと機会を逸《いっ》していた。

「おまえ、長妻のこと、何か知ってる？」

旺一郎は、蕗苳の腹に半ば顔を埋めたままで目を閉じていた。その眉が、ぴくりと反応したような気がした。

「ここにいると、ほとんど情報とか入ってこないんだけど、旅館はまだ無事なのかなあ？　父さんや兄さんはどうしてるか知らない？　……死んだりはしてないんだろうけど……」

さすがに肉親の死亡時は、色子にも知らせてもらえることになっている。その知らせがないということは、生きてはいるということだった。

「……旺一郎？」

喋らない旺一郎を覗き込む。促すと、彼は瞼を開けて、ぼそりと告げた。

「……長妻は、人手に渡ったよ」

「え……」

「競売《けいばい》にかけられて」

それは半ば予想出来ていてもよかったほどの答えだったのに、蕗苳にとっては恐ろしいほどの衝撃だった。

(長妻が人手に渡った)

「嘘……」

耳かきを降ろして、呆然と呟《つぶや》く。

長妻が人手に渡ったということは、蕗苳が廓に売られたことが、無意味だったということになるのだ。あのとき蕗苳が身売りした代金は、焼け石に水だった。

「——だから、俺が止めたのに」

なかった。

「蕗芩……」

旺一郎は憮然《ぶぜん》と呟いた。

涙が込み上げて、胸が詰まる。旺一郎の言ったとおり、身売りなどやめておけばよかったのだろうか。どうせこんなことになるのだったら。——だけどあのときはどうしようもなかった。

「蕗芩……」

旺一郎は身を起こし、覗き込んでくる。めずらしく心配そうな顔をしていた。

「……っ……お父さんは……？　兄さんは？」

「旦那《だんな》様は、施設に入られたよ」

「施設って、養護老人ホームみたいな……？」

「ああ。……だからとりあえず大丈夫だ」

「でもそういうのってお金がかかるんだろう」

いったいどこからそんな金を捻出《ねんしゅつ》したというのか。

「心配しなくても……親戚の人たちが資金を出し合ったらしいから」

「……そっか」

もう借りられるだけ借りていたはずなのに、そんな面倒まで見てくれたのか、と蕗芩は思う。少なくともそれなら、治療も受けられずに野垂れ死にという最悪な事態はない。そのことにほっとした。

「……兄さんは」

「あいつは……」

旺一郎は言い淀む。悪い予感がした。

「旺一郎」

促すと、ようやく彼は重い口を開く。

「あいつは刑務所に入ってる。……詐欺《さぎ》で捕まったんだ」

「詐欺……刑務所……」

呆然と蕗苳は呟いた。ろくなことはしない兄だと思ってはいた。だけどそこまで身を落としていたなんて。

情けなくてたまらなかった。

蕗苳が身を売ったのは、本当にいったい何だったのだろう?

涙があふれ出す。

旺一郎が蕗苳の肩に手を乗せた。

「……でも、そう悪い事態じゃねーよ。野放しのままだったら、また何をやらかしたかわからないだろう。おまえのことだって、勝手にもっと悪いところへ住み替えでもさせられてたかもしれない。刑務所じゃ、悪いことはできないからな。それに何かで悪い奴らの恨みを買っても命は守られるし…」

「……ん……っ」

旺一郎の言うことはもっともだった。確かに、娑婆《しゃば》にいる限りどんな悪いことをするかわからない兄だ。刑務所にいれば、そんな心配だけはない。そしてそれが元で恨まれて殺されるようなこともだ。

そう思って頷きながら、涙は止まらなかった。

(無駄だったんだ)

あの兄が旅館を再興してくれると心から信じていたわけではない。それでもやはり、希望だけは持っていたのだ。脅されて、他にどうしようもなくて承知した身売りだったとはいえ、いつかは兄が長妻を建て直して、自分を請け出してくれるかもしれないと。

だけどもうそんなことはありえない。蕗苳が身売りしたことは無駄に終わり、長妻はなくなった。年季が明けても、蕗苳にはもう帰るところもないのだ。旺一郎と過ごした部屋も、庭も、もう何もない。あの場所は永遠に失われてしまった。

「……蕗苳」

旺一郎がてのひらで頬にふれてくる。そして蕗苳の手を摑み、引き寄せた。

胸に倒れ込んだ瞬間、堰《せき》が切れたような気がした。

蕗苳は旺一郎に抱かれ、声をあげて泣いた。

彼の手がやさしく背中を撫でてくれる。

それが酷く心地よかった。


旺一郎の携帯に電話が入ったのは、その日の夜中過ぎのことだった。

話し声で目が覚めてそっと窺うと、廊下で声を潜め、旺一郎が誰かと話していた。

前にも何度か電話はかかってきてはいたけれど、今回は少しようすが違うようだった。

警察とか、押収とかいう言葉が漏れ聞こえていた。

――あの男は悪い男ですよ……

蕗苳は、山藤が前に話していたことを思い出す。

――金になることなら何でもやっているようですね。逮捕歴もある
何か起こったのだろうか。蕗苳は酷い不安に襲われる。もしかして旺一郎は、このまま帰ってしまうのではないか。それどころか、仕事か何かで酷くまずいことになって、もう来られなくなったりするのではないか。

旺一郎は携帯を切ると、部屋へ戻ってきた。そして帯を解き、浴衣を脱いで、手早く洋服に着替えはじめる。

「旺一郎……っ」

小さな声で呼びかけると、彼は振り向いた。

「どこ行くんだよ……!?」

「起きてたのか……」

「なんかヤバいことでもあったのか？」

「たいしたことじゃない」

「でも帰るんだろ……!?」

蕗苳は駆け寄って、旺一郎に抱きついた。

「やだ、行かせない……！」

勢い余って、そのまま二人して畳に倒れ込んでしまう。行かせない、と言ったって、いつまでもこうしていられるものじゃないことは、わかっているけど。

「何かヤバイことやってるんだろ？　行くなよ。もう仕事なんかやめちゃえばいいじゃん……！」

「そういうわけにはいかねーよ」

旺一郎はため息をつき、蕗苳を抱いたまま上体を起こした。

「帰りっぱなしにするわけじゃない。夜にはまた戻ってくるから」

「ほんと？　絶対!?」

旺一郎は失笑した。

「どうした？　やけに素直じゃないか。こういうのも手管のうちか？」

「ばか、違うよぉ……っ」

いつかは流連が終わるのはわかっていた。だからそのときは、また来てね、と素直に送り出してあげるつもりだった。それなのに。

実際にそのときが来たら、とてもそんなふうにはできない。何か凄く不安だった。

それでも旺一郎は蕗苳を置いて立ち上がり、上着を羽織る。

「じゃあ、夜にな」

軽く言って蕗苳にふれるだけのキスをし、部屋を出て行こうとする。

「待てよっ、送るから……！」

蕗苳は慌ててその後を追い、袖を握った。

「こ——これも仕事のうちだから……っ」

驚いたような顔をする旺一郎に、蕗苳は言い訳のように呟く。

「綺蝶さんには送ってもらわなかったのかよ？」

「ああ？　ああ……まあな」

やっぱり売れっ妓だから最近はしないのだろうか。蕗苳が部屋付きだった頃は、綺蝶も毎朝大門まで客を見送っていたものだったけれど。

そして夜明け前、蕗苳は旺一郎を送って大門のすぐ内側までやってきた。

旺一郎が流連はじめてから五日目の、後朝《きぬぎぬ》の別れだった。

まだ早過ぎる時間で、もう少したてば見送りの遊女や色子で鈴なりになるこのあたりにも、他に人はいない。大門もまだ閉まっていて、見張り台に見張りがいるくらいだった。

「……気をつけて」

と、蕗苳は言った。

「……それから……ま……また来て、ね……？」

「ずいぶんしおらしいじゃないか」

「こういうふうに言うもんなんだよ……っ」

赤くなって言い返す蕗苳に、旺一郎は自分の上着を着せかける。

「おまえが寒いんじゃないの……？」

「柳のところで、すぐタクシーを拾うから。そっちのほうが寒々しい」

慌てて出てきて長襦袢一枚の蕗苳を見て、旺一郎は言った。そして蕗苳の頭を撫でる。

「おまえのほうこそ、気をつけて帰れよ」

「すぐそこじゃんか。何言ってんの」

ますます照れて言いながら、蕗苳は上着の襟を掻きあわせた。

少し笑って、旺一郎は大門の脇の小さな扉をくぐって外へ出ていった。

(本当に、今夜また来る？)

不安な思いを抱きながら、緩く折れる衣紋坂の向こうに彼の背中が見えなくなるまで、蕗苳は見送っていた。

そしてくるりと踵《きびす》を返し、帰り道を歩きはじめる。

仲の町を左に折れ、細い路地へ入ると、向こうに花降楼の灯りが見える。

なんとなくほっとした、そのときだった。

後ろから伸びてきた手に、蕗苳は突然羽交い締めにされたのだ。

「……！」

叫ぼうとした口に、薬品の匂いのする布を押し当てられる。

ふいに意識が遠退いた。

【4】

ふと、目を開けたときには、蕗苳《ふき》は知らない廃屋《はいおく》にいた。

電気はないのだろうか。埃《ほこり》っぽい薄闇の床に何本もの燭台が置かれ、蠟燭《ろうそく》の火が揺らめいている。褪《あ》せた紅殻《べにがら》の壁、破れた障子……朽ち果てた遊女部屋のようだった。天井にも床にも雨漏《あまも》りの跡が濃く残っていて、なんとなく不気味だった。

（……どこ……？）

身を起こそうとして、縛られていることに気づいた。

両手を頭の上で一纏《ひとまと》めに括《くく》られ、その縄の端を床の間の柱に縛りつけてある。そして蕗苳は、古ぼけた紅い布団《ふとん》に転がされていた。

徐々に記憶が戻ってくる。旺一郎《おういちろう》を見送りに大門まで出たこと。帰りに誰かに捕まって、薬か何かを嗅がされたこと……。

「気がついたようですね」

声をかけられ、はっと蕗苳は顔を上げた。

割れ硝子《がらす》の窓辺に座っていた男をみとめて、目を見開く。

「山藤《やまふじ》さん……！」

以前会ったときはいつでもかっちりとしたスーツを纏い、冷たいが颯爽《さっそう》としていた彼が、今はどこかようすが違っていた。憔悴《しょうすい》して見えた。表情も、そして着ているものもだ。よれたシャツなどを着た彼を見るのは、蕗苳は初めてだった。けれどそうしてくたびれた姿をしていながらも、目だけはぎらぎらとして見える。

蕗苳を捕まえたのは、彼なのだろうか。何のために？　水揚げから逃げたことを、怒っているのだろうか。

起きあがろうとしたが、縄に引かれてできなかった。

「解いてください……!!　ここはどこなんですか……!?　どうして」

「幽霊屋敷の二階ですよ」

蕗苳の言葉を遮《さえぎ》るように彼は答えた。

「幽霊屋敷……？」

「聞いたことはあるでしょう。昔女郎が首を括ったとかいう、潰れた遊廓《ゆうかく》の話を」

確かに、吉原の外れにある潰れた遊廓に、自殺した遊女の幽霊が出るという話を聞いたことはあった。ここ数年は放置され、誰も近寄らなくなっている古い建物だ。人を監禁するのには持ってこいだったかもしれない。

「あなたに恨みがあるわけではありませんよ」

と、山藤は言った。

「いや……ないとは言いませんが、本当の目的は、伊神《いかみ》旺一郎氏です」

「旺一郎……!?」

わけがわからなかった。

旺一郎と山藤は確かにあまり相性がいいという感じではなかった。だけど、こんなことをするほど恨むような、何があったというのだろう。

それに第一、旺一郎に恨みを晴らすためなら、蕗苳を攫《さら》ってどうなるというのか。昔から特別な関係だったわけではなかったが、今はただの、客と色子の関係に過ぎないのに。

認めたくはないが、蕗苳よりはむしろ、綺蝶《きちょう》を攫ったほうが効果的だったのではないかとさえ思う。一人になることの少ないお職の傾城《けいせい》では、誘拐は無理だったのかもしれないけれど。

「……旺一郎のためなら、俺なんか捕まえたって……」

「無駄だ、と思うのですか？」

「……はい……」

「私はそうは思いませんね。あなた一人の水揚げを横取りするために、彼が何をしたのかを考えればね」

「え……？」

蕗苳にはますますわからなくなっていた。山藤は、旺一郎が彼から蕗苳の水揚げを横取りしたと言うのか。

「横取り……って？」

水揚げのやり直しをするはずだったあの日、山藤のかわりに蕗苳の許へ来たのは旺一郎だった。

何故《なぜ》なのか、ずっと疑問に思ってはいた。

もしかしてあれは、旺一郎がわざわざ何か手を講じて山藤を排除し、自分が成り代わったということだったのか？

（まさか）

だって旺一郎は、綺蝶に振られたから仕方なく蕗苳のところへ来たのだと、そう言っていたじゃないか？

（褥《しとね》の中でも綺蝶さんのことばっかり何度も褒《ほ》めて）

思い出しても胸が焼けるようなのに。

「伊神氏はね……あなたの水揚げを出来なくするために、私を警察に売ったのですよ。おかげで私のキャリアは台なしです」

「警察に売った……!?」

山藤自身も警察の人間ではなかったか。その山藤を警察に売ったというのはどういう意味なのか。

「私があなたに使ってあげた薬を覚えているでしょう。ライターに隠してあった白いドラッグを」

「あ……」

ぞくっ、と蕗芩の背中を悪寒《おかん》が走り抜けた。

最初の水揚げの夜、山藤はライターの中から白い粉を取り出し、蕗芩の中に塗ったのだ。その途端、蕗芩は気が狂うような衝動に駆られて。

今日までなるべく考えないようにしていたけれど、あんなものがただの合法ドラッグだとは思えない。おそらくそう簡単には手に入らない、違法な何かであるはずだった。

「あのライターを、大門の前で押収されましてね。たれ込みがあったからと、上からの強力な捜査要請があっての張り込みだったそうです。現行犯逮捕では、いくら私が現役の警察官でもどうしようもない」

「……」

「確かに……あれはね、警察の保管庫から失敬したものだったのですよ。私の手口は完璧だったはずだ。誰かがリークしたのでもなければ、誰が盗んだかなんて知れるはずはないのです」

「……旺一郎が密告したと？」

「そう――密告というより、彼はずいぶんいろんなコネを手に入れているようですからね。たれ込みというかたちを装って、上を動かしたのかもしれない。……おかげで私のキャリアは滅茶苦茶です。こちらもコネを駆使して何とか出ては来たものの、こんな疵《きず》がついてしまっては、もうもとのような出世街道は望めない」

「で――でも」

蕗苳は必死で言い募《つの》った。

「密告したのが旺一郎だなんて、どうしてわかるんですか？　もしかしたら他の誰かかも」

「蛇の道は蛇ですからね。裏にいたのが誰かぐらいは突き止められますよ」

「――……」

蕗苳はまだ信じられなかった。旺一郎が、蕗苳のためにそこまでしたなんて。

山藤は何か、勘違いをしているのではないだろうか。

「たかが色子一人のために、人生を台なしにされた悔しさが、あなたにわかりますか」

「でも……っ、それは逆恨みじゃないんですか……!?」

「逆恨み？」

じろりと山藤は蕗苳を見下ろした。

「だって……警察の保管庫からドラッグを盗み出して使うのは、犯罪じゃないですか……！　たとえそれで捕まったからって、他人を恨むなんて筋違い……」

大股で近づいてきた山藤に、蕗苳は思いきり頬を叩かれた。激しい音が部屋に響く。縛られていなければ、吹っ飛んでいただろう。

山藤は蕗苳の枕許にかがみ込み、自分の懐に手を差し込んだ。そして抜き出したときには、その手には黒く光る拳銃が握られていた。

蕗苳は思わず息を飲んだ。

「淫売のくせに、生意気な口をきくものですね」

山藤はその冷たい銃身を、ぴたぴたと蕗苳の頬にあててくる。

「あなたのことは本気で気に入っていたのに……すべて片がついたら、また馴染みになってあげてもいいというくらいにね」

その言葉に、蕗苳は思わず後ずさりたくなった。だが、縛られている身では、ほとんど身じろぎすることしかできない。

「人を使って電話をかけさせて、伊神氏をあなたから引き離したのは私です。彼にずっと登楼されていたのでは、誘拐するチャンスがありませんからね」

ではあの電話は偽物だったのか。旺一郎と警察とのあいだに、何かまずいことが起こったわけではなかったのだ。

「……俺なんか攫って……どうするつもりなんですか？」

「私はね、考えたんですよ。どうすれば彼に一番大きなダメージをあたえられるだろうかと。……彼の悪事を暴いて逮捕させることも考えました。でもそれでは前回のように証拠不十分で釈放されてしまうかもしれない。だったら、仕事より何より彼にとって大切なものを奪うほうがいい。……私をわざわざ陥れてまで水揚げを阻止しようとしたあなたを、彼の目の前で犯したら……どれほどのダメージをあたえられるでしょうね？」

「……っ……」

ぞっとして、蕗苳は息を飲んだ。

旺一郎の前で山藤に犯される――そんなことには、とても耐えられないと思う。

山藤は怯《おび》える蕗苳を見て、笑った。

「やっぱり、綺麗な顔には、怯えた表情が一番ですね。とてもそそられますよ。――勿論《もちろん》、あなたは所詮、淫売だ。普通に犯すだけではたいして面白くはないでしょう。淫売が男に抱かれるのは、当たり前過ぎますからね。ではどんなことをするのがいいでしょうねえ……？」

蕗苳は恐ろしさに首を振った。

「そう――乾いた場所に私のペニスを挿入して、思いきり引き裂いてみましょうか。そのあとは、玩具《おもちゃ》を使うのもいい。隠し持っていた薬も、押収を免れた分が少しなら残っていますよ。何、少しぐらい酷《ひど》く裂けたって、薬を使えばちゃんと感じられるはずですから、心配いりません。貴重なあれを使って、彼に抱かれるときなどとは比べものにならないくらい悦がり狂うさまを、じっくりと見てもらいますか……？」

蕗芩は首を振り続けるばかりだった。

山藤はそんなさまが面白くてならないのだろう、機嫌良く笑っていた。

「伊神氏には既にあなたの画像を送って、来るように言いました。来なければあなたを犯した上に、殺す、と。おそらく今頃はこちらへ向かっていることでしょう。――そしてもしおびき出されて来れば……」

彼は、銃爪を引く真似《まね》をした。

蕗芩は身を縮めて息をつめる。

（来たら殺される……！）

山藤は微笑した。

「来ると思いますか？」

蕗芩は首を横に振った。

旺一郎とは、愛しあっているわけじゃない。二年前ならともかく、むしろあのときのことで、蕗芩は恨まれているはずだった。あんな別れ方をしたんだから。

旺一郎が、蕗芩のために山藤を陥れたのだということも、蕗芩には信じられなかった。

山藤は多分何か誤解している。旺一郎が蕗苳の部屋へ登楼《あが》ったのは、綺蝶に振られたからというただそれだけだったのに。

（きっと旺一郎は来ない）

そう思うと、酷く切なかった。彼が来なければ、蕗苳は殺されるのだろうか？

でももし来たら、旺一郎のほうが殺されてしまうのだ。旺一郎は強いけど、銃を持った相手にかなうとは思えなかった。それくらいだったら、自分が殺されたほうがましだと思う。

どうせ生きていても、これからいろんな客を取らされる身になるのだ。それくらいなら、旺一郎しか知らないからだのままで死ぬのもいい。……それともやっぱり、殺される前に山藤に犯されるのだろうか？

（……来ないで）

祈るようにそう思う。

けれどそれでも——ぼろぼろの障子の向こうに、息を切らした旺一郎の姿を見つけたときには、涙が出るほど嬉しかったのだ。

「旺一郎……っ！」

思わず、蕗苳は叫んだ。

「バカっ‼　なんで来たんだよ⁉　ばかっ……‼」

旺一郎は深くため息をついた。

「俺が来なくて、犯されてたほうがよかったのか」

「そ……そんなわけないだろぉっ……！　でも……っ」

涙で目の前が霞《かす》む。

旺一郎は山藤へ向きなおった。

「もういいだろ。蕗苳を放せ」

「蕗苳？　……ああ、蛍《ほたる》のことですか？」

山藤は笑った。

改めて銃を、蕗苳の頭に突きつける。そして懐から手錠を取り出し、旺一郎の足許に放った。

「まずはそれで右手をその柱に繋いでから、座ってください。腕力で来られたら私は適いませんからね。――話はそれからです」

旺一郎は舌打ちし、手錠を拾い上げた。山藤の命令どおり、障子の脇の柱に右手を繋ぐ。そして床に座った。

「――いいでしょう」

山藤は頷いた。

「あなたには、ずいぶんな目にあわされたものです。……釈放されるまで、どれだけ骨を折ったか」

「今頃は刑務所にぶち込まれてるかと思ったが」

「私も刑事の端くれですからね。なんとか伝手《つて》を駆使して出てきましたよ。でもこれでキャリアは台なしだ。もう二度と浮かび上がることはできない。――あなたのおかげでね」

「自業自得だろう。あんたが押収したドラッグの横領なんかやってなきゃ、そういうことにはならなかったんだ。しかもどうやら自分で使うだけじゃなく、横流しして荒稼ぎまでしてたようじゃないか。証拠はまだ摑めないが……」

「あなたのせいですよ」

苛立《いらだ》ったように山藤は繰り返した。

「これまではずっと上手《うま》くやっていたんだ。――あなたは、蛍を手に入れるために私を陥れた。そこまでするほど大切な蛍が、目の前で他の男に犯されたら……？」

「やっぱりそういうつもりか」

旺一郎はため息混じりに吐き捨てた。

「あなたにはそこでじっくり見ていてもらいます」

山藤は銃を傍に置き、覆い被さってきた。唇を合わせようとし、蕗苳の顔を見てふと気を変える。

「今は、キスはやめておきましょう。舌を噛みきられても困る」

言い当てられ、蕗苳は目を見開いた。山藤がキスしてきたら、思いきりそうしてやるつもりだったのだ。悔しくて、ただ彼を睨《にら》みつける。

「ついでに、後ろからのほうがいいでしょうね。股間を蹴り上げられても困るし……私は大人しい妓が好みなんですよ」

山藤はそう言うと、蕗苳の足首を掴んだ。そのままくるりとひっくり返す。蕗苳は這《は》って逃げようとしたが、すぐに引きずり戻された。

腰だけを高く掲げられ、襦袢《じゅばん》を捲りあげられる。

「相変わらず綺麗な尻ですね。桃のようだ……」

言いながら、両手で双丘を撫《な》でまわす。気持ちの悪さに鳥肌が立った。

「そこからも見えますか」

山藤は旺一郎を振り返った。

「ああ。自分の『女』が他人に犯られるのを見るのも、けっこう悪くねーな。興奮する」

「！　バカやろ、見んなっ、この……」

その言い種に、蕗苳は涙ぐんだ。目の前で他の男に犯されそうになっているというのに、旺一郎はそんな姿を愉《たの》しんでいるのだろうか。情けなくてそれ以上言葉も出てこなかった。

山藤は笑う。

「平気なふりをしてもだめですよ。お見通しなんですから」

彼はそう言ったが、それは多分読み違えだ。旺一郎は平気なふりをしているわけではなくて、本当に平気なんじゃないだろうか。

じわじわと涙がにじんだ。

山藤が、尻の肉を左右に分け、狭間《はざま》を覗き込んでくる。指先を無造作に突っ込まれ、蕗苳は息を飲んだ。

「……っ……痛……！」

先刻言っていたように、山藤は出来るだけ酷くそこを引き裂くつもりなのだろうか？

「……少し、濡《ぬ》れていますね」

言われて、蕗苳はかっと上気した。旺一郎と最後にしてから数時間はたっているはずだが、中はまだ濡れているらしい。

「伊神さんのものですか？　あのときは処女地だったのに、口惜しいですね……」

ふいに指を入れられている違和感がなくなる。振り向くと、山藤は隠しからハンカチを取り出していた。

「少し拭いておきましょうか」

山藤がそう言ったかと思うと、その白い布が孔へと押し当てられた。

「ひっ……」

蕗苳は息を飲んだ。指でねじ込まれ、中を拭われる。布独特のざらりとした感触に鳥肌が立つ。こんなところを旺一郎に見られているのかと思うと、死にたいくらいいたたまれなかった。

「うっ……ッ……」

「ほら、綺麗になった」

満足そうに山藤は言った。引き抜かれる感触に身を縮め、ほっと息をつく。けれど勿論、それで終わりではなかった。

腰を固定するように摑まれたかと思うと、後ろから硬く猛ったものがあてがわれた。蕗苳は逃れようと、出来る限り暴れた。

「そんなに尻を振らなくても、すぐに挿《い》れてあげますよ」

「やだ……っ旺一郎……っ!!」

蕗苳は夢中で叫んだ。

(挿れられる……!)

その瞬間、後ろで何かが割れるような音がした。

布団《ふとん》の上に、ばらばらと陶器の破片が落ちる。続いてどさりと山藤が脇へ倒れ込んできた。

肩越しに振り向けば、旺一郎が立っていた。

「旺一郎……っ」

旺一郎は傍へ屈《かが》み、蕗苳を縛った縄を解いてくれる。

「て——手錠は？」

「抜けた。早く逃げるんだ」

手錠抜け。アクション映画などで見たことはあったけど、旺一郎にそんなことができるなんて。

縄が解けると、蕗苳は旺一郎と一緒に走り出そうとした。だが一瞬早く、着物の裾を摑まれてしまう。

山藤が意識を取り戻したのだ。

蕗苳は引き倒され、布団の上に転がった。

山藤が銃を拾い、旺一郎に向ける。

「旺一郎……‼」

山藤は躊躇《ためら》いもなく銃爪を引いたが、旺一郎には当たらなかった。旺一郎はその隙を突き、山藤の懐に飛び込んだ。襟首を摑み、殴り飛ばす。山藤の手から銃が飛んだ。

その銃が当たり、蠟燭が倒れる。炎が破れた襖《ふすま》に燃え移った。

「蕗苳、逃げろ！」

「旺一郎……！」

旺一郎と山藤の殴り合いがはじまる。自分では力負けすると言っていた山藤は、旺一郎と渡り合うくらいの力を持っていた。警察官としての体術を一通りやっているのだ。

炎は襖から布団へ、障子へと燃え移る。古い畳を舐め、木造家屋を火が伝うのはあっというまだった。

「火が回る……！　先に逃げてろ‼」

旺一郎は怒鳴《どな》ったが、蕗苳にはできなかった。

二人は縺《もつ》れあって廊下に転がり出る。

それでも、旺一郎のほうが押してはいた。彼が山藤を殴り飛ばし、山藤は廊下の窓硝子に叩きつけられる。凄い音を立てて硝子が割れた。

山藤は落ちていた破片を握り締めて起きあがった。そのまま旺一郎に突進する。旺一郎は二度、三度それをかわしたが、切っ先はシャツを裂いた。旺一郎が山藤の腹に拳を叩き込み、山藤は倒れた。けれどすぐにまた起きあがり、再び旺一郎に掴みかかろうとする。

そのときだった。

バキ、と木の折れる音がした。山藤が床板を踏み抜いたのだ。この朽《く》ちた廃屋には、雨の跡がいくつもあったことが蕗苳の頭を過《よ》ぎった。

「うわぁ……っ」

次の瞬間には、山藤が恐ろしい悲鳴をあげて階下へ落ちていく。その彼の手が、解けかけていた蕗苳の帯を摑んだ。

「ひっ……!!」

蕗苳は引きずり込まれそうになった。旺一郎がその手を摑んでくれなければ、本当にそうなっていたかもしれなかった。帯は山藤の手に握られたまま解け、彼と共に落ちていった。

床にあいた穴からぶら下がる蕗苳の手を、旺一郎が引き上げてくれる。

「……っ旺一郎……っ……!」

恐ろしさとほっとしたのとで、蕗苳は旺一郎に抱きつかずにはいられなかった。怖かった。本当に、死ぬかと思った。

「や——山藤さんは……?」

床穴の中を振り向こうとする蕗苳を、旺一郎は制した。

「見ないほうがいい」

旺一郎に手を引かれて立ち上がる。そして炎の中を走り出した。廊下を抜け、階段を駆け下りる。

「あっ——!」

焼け落ちてくる木材に、蕗苳は悲鳴をあげた。旺一郎がそれを腕で払ってくれた。建物が崩れはじめ、木や古い飾りなどが次々と炎をあげて降ってきた。何度も直撃されそうになりながら、その下をかいくぐり、何とか玄関へと辿りつく。嵌《は》め込まれた硝子戸を割って、ようやく外へ飛び出した。

その途端、脚ががくがくと崩れた。

「お——旺一郎、血が……」

そのときになってようやく、繋いだ手に血が伝っていることに、蕗苳は気づいた。

「たいしたことはない」

何でもないように旺一郎は言った。

どちらからともなく抱き締めあい、古い遊廓がその使命を終えて崩れ落ちていくのを見届けた。

騒ぎに気づいて、野次馬が集まってくる。

消防車のサイレンが遠く響きはじめていた。

警察や消防署の対応を一応終えたのは、朝になってからだった。

花降楼《はなふりろう》へ帰って事情をすべて説明し、蕗苳の部屋へ落ち着いた。そして蕗苳は旺一郎の手当をした。肩から腕にかけて、蕗苳をかばって焼けた木材を払ってくれたときの火傷《やけど》と、打撲、山藤の振り回した硝子片に裂かれた傷などがいくつもあった。

「病院が開いたら、絶対行けよ？」

救急外来に駆け込むほどではないと主張する旺一郎に、蕗苳は何度も言った。蕗苳自身は大門を越えられないので、外の病院へついていくことはできないのだ。

「大袈裟《おおげさ》だってんだよ」

「だって……俺のせいで……っ、もし破傷風とかなったら」

言いながら、蕗苳は泣きそうになってしまう。

「ならねーよ」

と、旺一郎は一蹴するけれども。

「それにおまえのせいでもない。もとはといえば、俺があいつの恨みを買ったんだから。むしろ俺が謝らなきゃならない。……おまえを巻き込んで、悪かった。一歩間違ったらどうなってたか……あいつが何か仕掛けてくるかもしれないってことを、もっと真剣に考えておくべきだった」

「……旺一郎……」

蕗苳は、山藤に聞かされた話を思い出していた。ずっと聞きたかったことを、おずおずと切り出す。

「あの……本当なのか。……おまえが、あの人を嵌めたって……」

「ああ」

「俺が水揚げされるのを邪魔するためだったたって、本当？」

「……ああ」

旺一郎の短い答えを聞いても、とてもすぐには信じられなかった。旺一郎が蕗苳のために、そんなことまでしていたなんて。

「なんで俺のためにそんなことしたんだよ……!?　だっておまえは綺蝶さんの……あの人に振られたから、俺を揚げただけだって言ってたじゃないか……！」

旺一郎は明後日のほうを見て、深くため息をついた。

「いつまでそんなことを信じてるんだよ？」

「え……？」

「綺蝶に振られたっていうのは嘘……というわけじゃないが、むしろ本当は最初から、客なんかじゃなかったんだ。他の目的があって綺蝶には近づいた。だから二回は登楼ったが、馴染みにはなってない。三回目は向こうから断ったかたちにしてもらって……当然抱いてもいない」

「――……」

蕗苳は絶句した。何か言おうとして口を開いたが、すぐには言葉も出てこなかった。綺蝶と寝てない？　――本当に？

「……だ……だったらなんでそんな嘘……っ俺、……っ」

じわりと涙が浮かんできた。ずっと誤解して、綺蝶に嫉妬していた。抱かれるたびに胸が痛くてたまらなかったのに。

「お客じゃなかったんなら、なんで登楼ったりしてたんだよ、他の目的って……⁉」

「白百合《しらゆり》に渡りをつけたかったんだ」

「白百合……⁉」

唐突にそんな名前が出てくるとは思いもしなくて、蕗苳は思わず鸚鵡《おうむ》返しにした。話が少しも飲み込めなかった。

白百合は確かに、禿《かむろ》の頃から新造《しんぞう》出しまで綺蝶が面倒を見てやった弟分であり、白百合が請け出されるまでずっと仲もよかった。連絡をとるのに、綺蝶から攻めるのは有りかもしれないけれども。

「……山藤が、警察で押収した非合法ドラッグを盗んで、媚薬として使ってるっていう噂を掴んだんだ。その証拠を掴むために、白百合に渡りをつけたかった」

「もしかして、白百合が山藤さんの馴染みだったから……？」

「そう。山藤は白百合にもあの薬を使ってたようだからな。情報を持ってるんじゃないかと思った。直接本人の囲われてる妾宅に当たっても門前払いを食らわされた。だから、綺蝶に繋ぎを頼んだ。娑婆には白百合を説得できる可能性のある人間を発見できなかったんだ。白百合の旦那ならできただろうが、関わりあいを避けようとするのはわかりきってたからな」

「旺一郎……」

　ようやく蕗苳にも話が見えはじめてくる。

「……山藤を排除したかった」

　と旺一郎は言った。

「花の宴の日に、おまえが水揚げされると聞いたとき、思いっきり頭を殴られたみたいな気がした。ぎりぎり間に合ったつもりだったのに、早過ぎると思った。普通ならまだ決まってる時期じゃなかっただろう？」

　普通、水揚げの相手は、十八の誕生日が来てから決めるものだ。どのみちその誕生日から一月ほどのうちには揚げられてしまうのだが、蕗苳はあの時点ではまだ十八になってはいなかった。

「何とか覆《くつがえ》して、水揚げの前に、俺がおまえを買い取ろうと思った。札束を積み上げて、楼主に迫った」

　だが、水揚げを飛び越しての身請けなど、楼主は承知しなかった。

――廓《くるわ》は花園です。花園には花が必要です。水揚げも済まない妓を渡すわけにはまいりません。金だけの問題ではないのですよ

それが答えだった。

だったら、と水揚げを譲らせようとしたが、それも楼主は頑として譲らなかった。

決まる前ならともかく、一度決まってしまったものを動かすわけにはいかないというのだった。

――花降楼の信用にかかわりますから

山藤に直接交渉もしたが、無駄だった。

「だったら、無理矢理でも排除するしかないと思った」

旺一郎が握っている警察上層部の知人に謀《はか》り、白百合には累が及ばないようにすると約束して、綺蝶に手紙を書かせた。その手紙を持って会いに行った旺一郎に、白百合は山藤の情報をくれた。

「だけど、もう遅かったんだよな」

「え……？」

「そのときには、おまえの水揚げはとっくに済んでたんだ」

礼を言うために綺蝶に裏を返したその日、蛍の水揚げは既に今日済んだ、と旺一郎は教えられたのだ。

それは蕗苳が山藤の水揚げから逃げ出した日と、同じ日のことだった。

あの日、蕗苳は綺蝶の部屋の濡れ縁に立つ旺一郎の姿を見ている。そして気が遠くなるような絶望を味わったのだ。だがあのときの旺一郎は裏を返したとは言っても、綺蝶に礼を言うために登楼していただけだった。

「あの、でも……」

結局あの日は、水揚げは完遂はされなかったのだ。遅かったわけではないのだと、蕗苳は告げようとする。

それより、旺一郎が口を開くほうが早かった。

「――あいつ、人をバカにしやがって」

「え……？」

「俺が楼主から聞いてた水揚げの日は、一週間もあとの嘘の日付だったんだ」

――何かされては大変でしたからね。あなたのあのときのご様子《ようす》ではね……

問いつめる旺一郎に、楼主はそう言ったのだという。

そのやり口にも、蕗苳を山藤に奪われたことにも、腑《はらわた》が煮えくり返る思いだった。こんなことなら、最初から攫って逃げておけばよかったと思った。

「だけどそんなことを言ったって、過去は戻らないんだからな。あとはもう、奪い返すしかなかった」

旺一郎は、吉原大門の前に警官を張り込ませるよう話を通した。

山藤はライターの中にいつも非合法ドラッグを隠し持っている。廓に登楼る日なら確実だ。——それが白百合のくれた情報だった。

大門の前でタクシーを降りた山藤は、いつもの習慣でライターを取り出し、煙草《たばこ》に火をつける。

くわえ煙草で大門をくぐろうとする山藤を、警官が取り囲む。

——失礼ですが、そのライターを見せていただけますか
そしてドラッグ所持で現行犯逮捕だった。

旺一郎は山藤が覆面パトカーで連れ去られていくのを見送り、彼のかわりに花降楼へ登楼したのだ。

綺蝶の代わりでも何でもない、蕗苳自身の許へ。

「……なんで何も言ってくれなかったんだよ？　言ってくれればよかったのに……！」

蕗苳は叫んでいた。

「綺蝶さんの代わりじゃなかったことも、俺のためにいろいろやってくれたことも……俺、凄い誤解して……苦しかった……っ」

「……意地になってたんだ」

と旺一郎は言った。

「それに誤解して、おまえが嫉妬してるみたいだったのが嬉しかったっていうか……バカだったよな。悪かった」

「そうだよ、バカだよっ！　……でも……」

蕗苳は旺一郎のシャツを握り締め、胸に顔を埋める。

「……でも、死ぬほど嬉しい」

自分のために、旺一郎がそこまでしてくれたこと。簡単なことでは決してなかったと思うのだ。

その背中を旺一郎の腕が抱く。

「……そんなに誉められたことでもないさ。……二年前に公園で別れたあのときからずっと、俺はおまえを買い戻すつもりだったんだから。——頭の高さまででも金を積んで、おまえの意志なんか関係なしに、金で買い戻す。屋敷を買い、妾《めかけ》にして住まわせる。——そう決めてた」

「旺一郎……」

——……こうやって逃げて、どうして暮らしていくんだよ？

蕗苳は旺一郎の言葉を聞きながら、二年前、公園で別れたときの自分の科白《せりふ》を思い出していた。

——貧乏なんてしたことないし、それくらいなら、身売りしたほうがマシだっての。たいしたことじゃないじゃん。セックスなんて、誰でもやってることなんだし、そのうち金持ちが身請けしてくれるかもしれないしさ

——おまえも悔しかったら、大学出て金持ちになってみろよ。百年早いんだよ、俺を攫って逃げようなんて……！

酷いことを言った。思い出すと耳を塞《ふさ》ぎたくなった。けれどいくら耳を塞いでも、記憶を消すことはできない。

あのときの自分の言葉が、どれだけ旺一郎の傷になったか。

恐らく、もし可能だったとしても、もう一度攫うのではだめだったのだろう。金で蕗苳を買うのでなければ。

二年前、ほとんど金など持っていなかったはずの旺一郎が、たった二年で今の財力を手に入れることが、どれだけ大変だったか。

手段を選んでいる余裕なんかなかっただろう。悪名高くもなっただろう。人を脅すことも騙すこともやったかもしれない。

花降楼の傾城を身請けするには、普通には考えも及ばないほどの大金と、そればかりではなく登楼するための伝手とが必要なのだ。その伝手を手に入れたのも、見世《みせ》の馴染みを脅してのことだったのかもしれない。

それもすべて自分のせいだ。旺一郎は決して、悪党になるのが似合うような男ではなかったのに。

「ごめん……っ」

蕗苳はそう口にしていた。

「なんで謝る」

「だってあのとき……っ、酷いこと言って」

「今さらだろう」

「でも……っ」

あのとき正直に話をしていたら、旺一郎はきっと一緒に立ち向かおうとしてくれただろう。絶対自分と別れようとはしないだろうとわかっていた。だから、ああ言うしか思いつかなかった。だけど蕗苳がもっと賢かったら、いくらでも上手《うま》い言いようがあったのではないかと思うのだ。

「ごめん……っ、そんなつもりじゃなかった。ただあのときは、他にどう言ったらいいかわからなくて」

「……どういう意味だよ、それ？」

旺一郎は微《かす》かに眉を寄せ、問い返してくる。

蕗苳は自分が口走ったことにはっとし、首を振った。今さら言い訳のようなことは言いたくなかった。どういう気持ちから出た言葉だったにせよ、口に出してしまったのは事実なのだ。

「蕗苳……！」

旺一郎は強く促してくる。

「本当のことを聞かせてくれ。何かわけがあったのなら、……でないと俺は」

黙って蕗苳は首を振る。その肩を、旺一郎は強く掴んだ。

「裏は何もないと言うんならそれでもいい、そう言ってくれればいい。だけど何かあるのなら聞かせてくれ。でないと俺は、いつまでもあの日に縛られたままなんだ……！」

「旺一郎……」

彼のためにと思って蕗苳がしたことは、彼に別の地獄を見せることになったのだろうか。旺一郎にとって、蕗苳に裏切られたと思ったことは、組に追われ、大学も諦めてひっそりと暮らすことよりも酷いことだったのだろうか？

蕗苳を金で買い戻すと旺一郎は言った。それは復讐だったのかもしれないが、愛情がなければ思いつきもしなかったはずのことだと思うのだ。

「……あのとき……」

真剣に答えを促す彼の顔を、蕗苳は見つめる。

「あのとき、兄さんから携帯に電話があったんだ」

「戻ってこいと言われたのか」

蕗苳は頷いた。

「それで戻ることにしたのか。俺と逃げるよりそのほうがよかったのか」

「違う……!!」

蕗苳は激しく首を振った。

「兄さんは言ったんだ。このまま駆け落ちなんかしたら、旺一郎の将来は滅茶苦茶になるって。……組の者は草の根を分けてもおまえたちを探す。せっかく医者になれるはずだったのに、まともな職にもつけず、日雇いかなんかになって息を潜めるように一生を過ごすことになる。旺一郎にそんなことをさせる価値が、おまえにあるのかって……」

そんな価値が自分にあるとは、蕗苳には思えなかった。

「……昔から、俺ばっかりおまえのあとを追いかけてたよな。最初は同情して駆け落ちなんかしても、愛があるわけじゃない、後になったらきっとおまえは後悔するだろうって……俺、おまえにはしあわせになって欲しかったから」

途中から涙が零《こぼ》れそうになり、蕗苳は旺一郎の胸に顔を埋めた。そんなふうに言われたら、彼と一緒に逃げることなど、とてもできなくなったのだ。

その背中を、旺一郎がぎゅっと抱き締めてきた。

「……悪かった」

「え……？」

思いもよらなかった旺一郎の言葉に、蕗苳は顔を上げた。

「なんでおまえが謝るんだよ？」

「察してやるべきだったんだ。そういうことがあったんじゃないかって……俺がばかだった。……自信がなかったんだ」

「自信……？」

「俺が一方的に惚《ほ》れて、無理矢理連れだしたようなもんだったろう。……おまえは最初からそれほど気がなくて……一度は一緒に逃げたものの、やっぱり嫌になったんだろうと思った。裏切ったというより嫌になっただけだ、責めるようなことじゃないって自分でもどっかで思ってたんだろうに……どうしても赦《ゆる》せなかった」

「旺一郎……っ」

蕗苳は一生懸命言葉を探しながら首を振った。旺一郎を嫌になるなんて、あるわけがなかった。一方的に惚れていたのは、自分のほうだと思っていた。

「あのときは怒りで頭がいっぱいになって……いいや、本当は怒ってたわけじゃない。――ただ悲しかったんだ」

「ばか……っ」

旺一郎がそんなことを考えてたなんて知らなかった。あのときのことが――よかれと思ってしたことが、そんなに彼を苦しめたなんて思わなかった。

旺一郎は、それほど蕗苳のことを大切に考えて、駆け落ちしようと言ってくれたのだ。

「バカ、俺のほうがずっとおまえのこと好きだったのに……！」

蕗苳は旺一郎の胸を叩いた。

「兄さんの言ったとおりだよ……っ、いつも纏《まと》わりついて困らせてたの、俺のほうだったじゃないか……！」

「子供の好意だ。そういう意味とは違うだろう」

「ばかっ、そういう意味だよ‼　見世に来てって言ったじゃん……！」

旺一郎の首にぎゅっと抱きつく。

そして蕗苳は言った。

「ごめん――もう一つ、おまえに嘘をついてたことがあるんだ」

「嘘……？」

「山藤さんに水揚げされたっていうの、嘘なんだ」

「え」

旺一郎は短く驚きの声を発した。

「嘘って」

「水揚げのとき、薬使って散々弄《もてあそ》ばれて……途中でどうしても我慢できなくなって、逃

げ出したんだ。……ことか……ことか、跡が残ってただろう」

蕗苳は手首や、襟を大きくあけて、肩から背中にかけて割り竹の跡があったところを見せた。今はもうすっかり消えてしまったけれど。

「あれは山藤さんにやられたわけじゃなくて、捕まって折檻《せっかん》されたときの跡だったんだ」

「――じゃあなんで、犯られたなんて嘘を……」

旺一郎は啞然《あぜん》と口を開けていた。

「……おかげで酷い――知ってたら、いくらでもやさしくしたのに」

「だっておまえが綺蝶さんと寝たって思ったから……っ。悔しいじゃんか、俺だけ……」

言いかける唇を、旺一郎が塞ぐ。溶けるようなキスをされた。

首に腕を回したまま、寝床へ沈められる。

旺一郎は、傷のあった蕗苳の手首に、まるで神聖なものにでもするように口づけた。


「……大丈夫か」

旺一郎が覗き込んでくる。心配してくれるのが嬉しかった。

「大丈夫……もっと、来て……っ」

誘いかけると、旺一郎が背中を強く抱いてくる。ずん、と奥まで突き上げられる。旺一郎でからだの中がいっぱいになる。それは苦しいけど、とても甘い感覚だった。

「ん……っ」

きゅっ、と締めつけてしまう動きに、旺一郎が耳許で淫らな囁《ささや》きを吹き込んでくる。

「……バカ」

蕗苳は下からちらりと睨《にら》みつける。

「おまえ、ほんとは凄いやらしー奴だったのな……。昔と、全然違う」

「そうでもないだろ」

「違うよ……、昔は、ホテルに誘っても断るような奴だった……のに」

喋ると、中に入ってるモノの感触が響くような気がする。微《かす》かに言葉に喘《あえ》ぎが混じる。

「誘ったっていつ」

「駆け落ち……したとき、泊まるの、ラブホでいいって言った……」

「……そういう意味だったのか、あれ」

覚えてはいたらしい。旺一郎は呆然と蕗苳の上に突っ伏す。

「もっとわかりやすく言え」

今さらなのに、本気で惜しそうなのが可笑《おか》しい。笑うと、それがまた腹に響いた。

「ん……っ」

唇で首筋をたどりながら、旺一郎はゆっくりと動き出す。

「……ずっとこうしたかった。――ずっと、前から」

「ずっと……前から……？」

キスが鎖骨から胸へ降りていく。

「おまえがまだ、こんな小さかった頃から」

「んッ……！」

乳首をぺろりと舐められ、蕗苳は息を詰めた。

「こ、こんなって……っ」

「添い寝とかしてた頃だよ」

「あ……んん……っ」

そんな会話をするあいだにも、旺一郎のものはスライドし続けていた。まだ少しずつ、彼のものが育っているのが、中で感じる。

「なんかした……？　あ……添い寝、してるとき……」

「さあ？　寝顔が可愛かった」

というのは、何か悪戯《いたずら》をしたということか。怒るべきだろうに、眠っていたのが勿体ないなんて思ってしまう。

「っ……あぁ……っ」

ゆっくりと、旺一郎は自身で蕗苳の中を探る。

「……ん、……や……っ」

ゆるく搔《か》き回される。蕗苳の内側をたどっていく。ぐちゅ……ぐちゅ、と淫らに濡れた音が聞こえる。ぞくぞくしてたまらなかった。

「あ……！」

そのときふいに、先端が一点を突いた。

「……っ……ぁあ……ッ」

「……ここか」

ぐりぐりと捏《こ》ねるように旺一郎は動かす。

「んっんっ……」

そこを突かれると、辛いほど感じた。おかしくなる、と思う。

「……ここがいいんだろう？」

旺一郎がからだを重ね、吐息で囁いてくる。

「こうされるとたまらないだろ……？」

「あ……！」

そこを擦るように突き込まれる。からだが溶ける気がした。その身の内を深々とスライドされて。

旺一郎は、一度抜きかけたものを、最奥まで突き立ててくる。腰を掴んで揺さぶられる。

「あっ、あッ、……っちろ……ッ」

自ら腰を浮かし、求めてしまう。

脚を絡ませ、手を伸ばして男の首に縋《すが》りつく。

「……」

旺一郎は、そのはしたなさを揶揄《やゆ》する言葉を囁いてくる。そんな科白《せりふ》まで甘く聞こえるのが不思議だった。

掻き回すような動きが速くなり、奥を突くように変わる。

「ん、ん、……あっ……」

強く抱き竦《すく》められ、唇を合わされる。とろけるようなキスをされる。

からだの一番深いところで旺一郎が出したのを感じた瞬間、蕗苳もまたしあわせな気持ちで昇りつめていた。

旺一郎に身請けされ、吉原を出ていく日には、綺蝶たちが花降楼の張り見世の前で見送ってくれた。

「元気でな」

「はい。お世話になりました」

蕗苳は深く頭を下げた。

伸ばしかけていた髪は切り、華やかな着物は着替えて、普通のシャツとズボンを身につけていた。洋服を着るのは、二年ぶりのことだった。何かすかすかして、楽すぎて、まだ落ち着かない。

「蛍をよろしくな」

綺蝶は旺一郎に言った。

「しあわせにします」

と、照れるくらいまっすぐ旺一郎は答える。

綺蝶は笑った。

「ま、早く出ちまうがいいよ。こんなところはさ。俺くらいこの商売、向いてたらいいけどな」

そういえば売れっ妓だけあって、綺蝶の身請け話は何度もあった。すべて断ってきているのは、何故《なぜ》なんだろう？

蕗苳は首を傾げる。

ふと、視線を彷徨《さまよ》わせた先の二階の廊下には、蜻蛉《かげろう》の姿が見えた。相変わらず、怖いくらい綺麗な姿だった。結局、親しくなることはなかったが、あそこから見送ってくれてはいるらしい。

もう綺蝶との掛け合いを見ることもできなくなるのかと思うと、ひどく寂しかった。

「蛍っ……！」

ばさっ、と大きな花束が差し出された。

「花梨《かりん》」

「おしあわせに」

一つ下の花梨はまだ綺蝶の部屋づきで、新造になったばかりだ。これから花梨にもいろいろなことが起こるのかと思うと、複雑だった。一人で抜け出すのが、申し訳ないような気持ちになる。

「落ち着いたら手紙出すから、出られたら絶対、遊びに来いよな」

「うん……！」

花束を受け取り、花梨と抱き合って泣いた。

やがて別れの時間がやってくる。

「きりがないだろ？」

綺蝶にやさしく促され、蕗苳は頷いた。

もう一度頭を下げ、手を振って、旺一郎と一緒に見世をあとにした。大門へ向けて歩き出す。

「こんなに早く、出られるなんて思わなかったな」

と、蕗苳は呟《つぶや》いた。

「また散財させて、ごめんな。総花に祝儀に……凄いかかったろ？」

身請けの儀式である宴会には、かけようと思えばいくらでも金がかかることになる。

「今さら、もう大差ねーよ」

と、旺一郎は笑う。水揚げに、流連《いつづけ》に、身請けに……本当にどれくらいかかったのだろう。そしてもう一つ、父親を施設に入れてくれたのも、親戚ではなくて旺一郎だったのではないかと蕗苳は思うのだ。

「でもう、これで本当に粗方なくなったけどな」

と旺一郎は言った。

「リムジンで迎えに来るつもりだったのに」

山藤の電話は、まるきりのはったりというわけでもなかったのだ。旺一郎がつくっていた闇金の会社は警察に目をつけられ、結局解散させなければならないことになっていた。

——もう、悪い仕事はやめようよ

いい機会だと蕗苳は頼み、旺一郎もそうするつもりだと言ってくれた。

「また稼げばいいじゃん。俺、働くからさ！　働いて、俺が大学出してあげるから！」

そう言うと、旺一郎は笑う。

旺一郎の大学は、彼の父親がいつのまにか届けを出していて、休学あつかいになっていることがわかっていた。その気になれば、いつでも復学できるのだ。

旺一郎はまともにとりあってはくれないけど、蕗苳はけっこう本気だった。できたら、旅館で働きたい。長妻《ながつま》は人手に渡ってしまったけれど、やっぱり旅館が好きだからだ。廓《くるわ》の二年で少しは人あしらいもできるようになったと思う。そして余裕ができたら、いつか父親を引き取りたかった。

「総檜の家を建てて、おまえを囲いたかったんだけどな」

本気とも冗談ともつかない口調で、旺一郎は言う。

「立派な家に囲われるより、アパートで一緒に暮らすほうがいいよ」

けれど蕗苳がそう言えば、

「そうだな」

と頷いてくれる。

「それにリムジンより歩く方がいい。ね？」

「ああ」

旺一郎は笑って頷いた。そして蕗苳の手をぎゅっと握ってくる。

二人は手を繋いで大門をくぐった。


「ところで、これからどこへ行くの？」

蕗苳は旺一郎を見上げて聞いた。

「うん？　……このまま長妻《ながつま》へ行こうか」

「え？　どうして？」

蕗苳は首を傾げる。旅館はもう人手に渡ってしまっている。それはもう一度、この目で見てみたいと思わないわけではないけれど。

旺一郎はちょっと微笑《わら》って言った。

「旅館を買い取ったの、俺だから」

その言葉を聞いて、蕗苳は目を見開く。

視界の中で、旺一郎の笑顔が涙で揺れた。

あとがき

こんにちは。または初めまして。鈴木《すずき》あみです。お手にとってくださいまして、ありがとうございます。

さて、何というか……ときどきは、こういうものを書かずにはいられないようなのです、私（いつもじゃーん！　という突っ込みはナシの方向で！）。

そんなわけで、今回は遊郭《ゆうかく》！　どうです？　遊郭。そこのあなた！　実は好きだったりしませんか？　人に大きな声では言えないけど、実は好き。大好きだったりしない？　違う？　違うか……（がっくり）。

（気を取り直して、と）しかし私は萌えなのですよ。やっぱ紅殻格子《べんがらこうし》に紅い長襦袢！　これでしょう！　熱烈同志募集中！

しかしボーイズで遊廓をやるのはけっこう難しかったのです。だって遊廓は遊女が身を売るところで、遊女って女だからねえ。男の子が身を売るところは陰間《かげま》茶屋であって遊廓ではないのです。

勿論陰間茶屋を書いたってよかったんだけど（てゆーか、いつかこっちも書きたいっ。チャンスないかな?)、しかーしっ陰間茶屋には紅殻格子がないっ(よね?)。色子《いろこ》は紅い長襦袢《ながじゅばん》を着ていないっ(よね!?)。……いや、別にフィクションなんで着せてしまえばよかったんですが。

　普通の女の遊廓の中に男が一人っていうのも考えました。それはそれで物悲しくて凄い萌え!(いつかこっちも以下略) でも今回の私の希望としては、何とかもっと沢山《たくさん》のっ、沢山の男に身売りをさせられないものだろうかっっ!?

　……というわけで悩んだ末、結論がこれです。

　傾城《けいせい》から禿《かむろ》から遣り手に至るまで、ぜーんぶ男の廓《くるわ》です。女はただの一人も出てきません。どうだ!! わたくしは大満足よ!! ほほほほほ!!

　自分の痛さぐらい自分が一番よーくわかっています。でも、同志募集中(懲りてない)。

　しかしどんな茨《いばら》道にも仲間はいるもので、これを書くと決まったときに、偶然やっぱり遊廓ネタを書く予定だったお友達と吉原へ取材に行ってきました。

　他のお友達には「え? 何で行くの? 今は何もないよ?」と散々言われたとおり、吉原には当時を思わせるようなものは本当に何もありませんでしたが、一回見ておくのとおかないのとでは、私の場合かなり違うみたいです。

今の吉原はソープ街になってはいますが本当に普通の通りで、マンションなんかも建ってたりします。売春防止法が廃止された暁には、ここが全部赤線として復活して、遊廓がぼこぼこ建ったりするのねー……と思うと感慨深かったです。（現実にはありえないけども〜・笑）

そういえば最初お話を考えたときに、前回の六回に比べてHの回数が少なくなっちゃいそうだから、そのぶん頑張って一回をこってり長くやろう〜！　と決意して頑張ったのですが、なんだか蓋《ふた》を開けてみたら長短いろいろあわせて五回もやってました。ははは。大差ないじゃんね〜。さすが遊廓だ（？）

残念なのは、客×綺《き》蝶《ちょう》×蜻蛉《かげろう》の3Pがやれなかったことです。余裕があったら番外編として最後に入れたかったんだけど〜。ぜひ蜻蛉陵《りょう》辱《じょく》を書くようにと勧めてくれたＩさんには、ほんとごめん（笑）。次回入るかな？　今回アドバイスをくれた他のお友達のみんなにも、どうもありがとうでした。

あ、それから本当は男の水揚げはいきなり客をとるんじゃなくて、たっぷり訓練して使えるようになってから、だったらしいですが、今回はさっくり現実を無視させていただきました。ご了承くださいませ。

イラストを描いてくださった樹　要《いつきかなめ》さま。いろいろとご迷惑をおかけしたうえ、色物な話で申し訳ありませんでした。にもかかわらず、すばらしく綺麗な蕗茎《ふき》ほか色子たちと旺一郎《おういちろう》を本当にありがとうございました。ラフや表紙のコピーなどが届くたび、狂喜してました。凄い素敵です～！　次回もどうぞよろしくお願いいたします。綺蝶×蜻蛉、ご期待に添ったものになるといいのですが～。

担当のY様。今回もご迷惑おかけしてすみませんでした。こんな色物なネタをOKしてくださってありがとうございました。しかも次回は綺蝶×蜻蛉でとまで言ってくださって……！　頑張ります。でもほんとにいいんですか……二本も続けて遊廓で……。

さてそんなわけで、最後まで読んでくださってありがとうございました。色物でしたが楽しんでいただけましたでしょうか（笑）。大変不安なので、よかったらご感想なんか聞かせていただけると嬉しいです。

それではまた、ぜひ次回もお会いしましょう。

鈴木あみ

Hanamaru Bunko

作家・イラストレーターの先生方へのファンレター・感想・ご意見などは
〒101-0063 東京都千代田区神田淡路町2-2-2
白泉社花丸編集部気付でお送り下さい。
編集部へのご意見・ご希望などもお待ちしております。
白泉社のホームページはhttp://www.hakusensha.co.jpです。

白泉社花丸文庫
君も知らない邪恋の果てに
2004年6月25日　初版発行
2004年10月10日　2刷発行

著　者　鈴木あみ ©Ami Suzuki 2004
発行人　三浦 修二
株式会社白泉社
〒101-0063 東京都千代田区神田淡路町2-2-2
電話03(3526)8070(編集) 03(3526)8010(販売)
印刷・製本　図書印刷株式会社
Printed in Japan HAKUSENSHA　ISBN4-592-87397-1
定価はカバーに表示してあります。

好評発売中　花丸文庫

★風の音を聴け！ハードロマン。

ワイルド男がやってきた

水月ありーな　イラスト＝如月弘鷹　●文庫判

高２の翔衣の前に現れた、美形なネイティブアメリカンの男ホーク。12年前、アメリカで翔衣を野犬の群から助けてくれた彼の話だと、２人は精霊が選んだ、生涯を共にする半身同士だというのだが…。

★ジョーダンきついぜ！替え玉ラブ。

花嫁衣装はだれが着る!?

水戸　泉　イラスト＝こうじま奈月　●文庫判

親の借金が元の政略結婚から家出した双子の姉の代わりに、女として全寮制の名門校に編入して、婚約者・稜の機嫌をとる高１の由月。女装生活に四苦八苦の彼に、稜は意外な発言＆恥ずかしい所業を!?